Coleção Karl May

1. Entre Apaches e Comanches
2. A Vingança de Winnetou
3. Um Plano Diabólico
4. O Castelo Asteca
5. Através do Oeste
6. A Última Batalha
7. A Cabeça do Diabo
8. A Morte do Herói
9. Os Filhos do Assassino
10. A Casa da Morte

A CABEÇA
DO DIABO

COLEÇÃO KARL MAY

VOL. 7

Tradução
Carolina Andrade

VILLA RICA EDITORAS REUNIDAS LTDA
Belo Horizonte
Rua São Geraldo, 53 - Floresta - Cep. 30150-070 - Tel.: (31) 212-4600
Fax.: (31) 224-5151
Rio de Janeiro
Rua Benjamin Constant, 118 - Glória - Cep. 20241-150 - Tel.: 252-8327

KARL MAY

A CABEÇA
DO DIABO

VILLA RICA
Belo Horizonte - Rio de Janeiro

2000

Direitos de Propriedade Literária adquiridos pela
VILLA RICA EDITORAS REUNIDAS LTDA
Belo Horizonte - Rio de Janeiro

Impresso no Brasil
Printed in Brazil

ÍNDICE

Schahko Matto	9
Entrando em Ação	28
Old Wabble em Liberdade	42
Uma História Estranha	59
Em uma Granja do Caminho	74
O Curandeiro dos Comanches Naiini	87
O Outro Winnetou	98
A Demente	114
O Libertador	136

SCHAHKO MATTO

Capítulo Primeiro

Quero dizer aqui, ao começar, com quanta freqüência me reprovaram por haver tratado com condescendência os meus inimigos.

Àqueles que acham que deveria ter agido com mais dureza em relação a eles, advirto-lhes que existe uma grande diferença entre vingança e castigo. Um homem rancoroso, em princípio já não é um homem bom, posto que, se ele se vinga do inimigo vencido, não só age com pouca nobreza, mas também adianta-se, sem nenhum direito, à justiça divina e à justiça dos homens.

Outra coisa muito distinta é o castigo, o qual é um corolário tão natural como inequívoco de toda a ação condenada pelas leis e pela voz da consciência.

No entanto, não devemos nos colocar na posição de juízes de outros, nem mesmo daqueles que cometeram algo contra nós. A isto deve-se acrescentar que não devemos unicamente considerar culpado aquele que cometeu a falta; também o são as circunstâncias que ajudaram na sua formação.

E isso tem um papel preponderante na sociedade, a qual tem em sua conta a maior parte das motivações que impelem um homem a atuar de forma determinada. Assim, pois, é evidente que o homem não civilizado, que não teve nunca uma norma de conduta moral, não pode ter seus atos comparados com o restante da civilização. O índio acossado pelo homem branco protege-se com as armas, mas ele é mais digno de lástima do que de castigo. Igualmente o homem branco que é rechaçado por causa de um delito e que só encontra acolhida em terras inóspitas e assim como ele degradadas, no meu modo de ver, merece uma certa consideração e desculpas.

Winnetou, sempre nobre e generoso, não negou jamais o perdão a estes homens quando foram vencidos por ele. Por tudo o que disse, será possível compreender quais foram os nossos apuros no caso de Old Wabble, homem de certa idade, grosseiro, vulgar e mal-humorado sempre, que me fazia experimentar uma sensação peculiar ao encontrá-lo, que me impedia de tratar com severidade suas ações e seu mau comportamento. Parecia-me que ele agia movido por uma força superior a ele, que o empurrava para isso. Por isso, eu o havia posto em liberdade no mesmo dia em que tentou me matar, apesar dos protestos dos dois homens que nos acompanhavam, Dick Hammerdull e Pitt Holbers.

Recordo também que o policial Treskow objetou diante de minha decisão, mas não fiz caso nem da reprovação azeda que escutei de Winnetou e do dono da granja, que não conseguia compreender por que não metíamos uma bala na cabeça daquele ladrão e assassino frustrado, como castigo justo.

— Vocês me perdoem, mas se alguma vez mais encontrar com este safado Old Wabble, juro que o esmagarei, como se ele fosse um verme — disse o mal-humorado Fenner.

No entanto, homem solidário e de bons sentimentos, Fenner também nos manifestou o quão grato havia ficado com nossa visita. E nos presenteou com tantos víveres que pelo menos durante uns cinco dias não nos veríamos obrigados a caçar, o que é muito apreciado quando, pela proximidade do inimigo, seja branco ou índio, não é prudente disparar e tem-se que escolher entre passar fome ou ser denunciado pelo estampido da arma.

Capítulo II

Partimos então em busca de nosso bom amigo Mão-Certeira, a quem devíamos encontrar o mais rápido possível, já que tínhamos diante de nós o "general" e Toby Spencer, que se dirigiam para o Colorado com sua gente, e o velho "Rei dos Caubóis" era naquele instante para nós uma pessoa de importância secundária.

Atrás da granja de Fenner existe uma enorme curva, a qual queríamos evitar, por isso nos afastamos do rio e nos embrenhamos por Rolling-Praire. Foi onde vimos as pegadas dos vaqueiros que haviam estado ali na noite anterior, em busca de Old Wabble e seus homens. Em pouco tempo as pegadas sumiram e não tornamos a encontrar mais nada até o cair da tarde. Havíamos voltado a encontrar o rio e tínhamos que passar para a outra margem. Como todos os rios do Kansas, o rio Republicano é largo e pouco profundo, e pode-se atravessá-lo facilmente, mesmo assim, contamos com a experiência e o conhecimento do terreno que Winnetou possuía, para chegarmos à margem oposta sem contratempo algum. Havíamos acabado de atravessar quando Dick Hammerdull mostrou-nos uma possível pista, a uns quinhentos metros de onde nos encontrávamos. Imediatamente perguntou a Pitt Holbers:

— Está vendo aquela lista escura ali, entre o mato? O que acha que seja?

— Uma pegada humana — respondeu secamente Holbers.

— Boa visão! Será preciso que cheguemos lá, para vermos de onde vem e para onde vai.

Dick Hammerdull achou, por um instante, que eu e Winnetou iríamos concordar com isto, e que nos encaminharíamos até o lugar indicado por ele, mas o chefe apache virou-se, sem dizer uma só palavra, para a direita, e nos levou, sem preocupar-se com a pegada recém-descoberta, para perto da margem do rio. Dick Hammerdull, um homem experimentado, não conseguia compreender isto, e voltando-se para mim, perguntou:

— O que está acontecendo, senhor Mão-de-Ferro? Descobrimos algo que considero importante para nossa segurança pessoal e o deixamos de lado!

— Certo — limitei-me a responder, sem outros comentários.

— Então... Por que não nos aproximamos para examinar aquela pegada? Devemos saber a direção...

— De leste para oeste, naturalmente — afirmei.

Dick Hammerdull olhou-me perplexo, grunhindo:

— Como de leste para oeste? Isso ninguém pode saber, sem aproximar-se daquele lugar. Pode ser de oeste para o leste, ora vejam!

— Não! — eu reafirmei. — Tivemos, durante alguns dias, vento do oeste, portanto a vegetação está inclinada na direção contrária. Esta pegada está distante de nós uns quinhentos passos, e o que nós vimos, apesar da distância considerável, é prova suficiente para sabermos que foi feita vinda do leste para o oeste.

— Ora! Isto até que não está mal, senhor Mão-de-Ferro — aprovou Dick Hammerdull. — Eu não havia pensado nisso!

Imediatamente, Pitt Holbers acrescentou, em tom de brincadeira:

— Claro que não! Com esta cabeça cheia de serragem...

— Qual o problema com minha cabeça, velho coiote? Não permito que faça brincadeiras comigo. De qualquer jeito, é preciso que nos aproximemos da pista, para sabermos de quem se trata.

— Não será preciso, Dick. — Já verá como terminaremos tropeçando nestas pegadas — afirmei, calculando a direção que nos fazia seguir Winnetou.

Não nos afastarámos muito do local onde havíamos feito a travessia do rio quando ele fez uma curva, formando um ângulo ao norte. A oeste estendia-se a pradaria. Uma franja verde que vinha desta direção e tocava pelo norte o matagal das margens do rio Republicano, fazia suspeitar da existência de um regato que ali se unia ao rio. Este arroio seguia em seu caminho uma linha tortuosa, cuja curva mais pronunciada estava assinalada por um pequeno bosque.

Imediatamente detivemos nossa marcha diante da presença das pegadas que já havíamos visto. Era a pista de um só cavaleiro, que havia parado ali sem desmontar, seguindo depois em linha reta em direção ao bosque.

Por conseguinte, era para lá que teríamos que nos dirigir. Na realidade, nem Winnetou nem eu estávamos muito interessados em saber quem era o cavaleiro que havia deixado pegadas tão claras, mas ela era recente, algo em torno de meia-hora, o que para nós era motivo suficiente para agirmos com precaução.

O chefe apache apontou o bosque.

— *Wo-uh-ke-za*! (Uma lança)

Naquele momento estranhei que falasse aquela palavra no dialeto dakota, mas logo compreendi o motivo e me convenci, mais uma vez, das sutilezas daquele homem. Efetivamente, seguindo a direção apontada por ele, consegui divisar em uma das árvores do pequeno bosque, uma lança que aparecia em um dos galhos.

Estava a uma distância tão grande de nós, que parecia um traço de lápis sobre o céu avermelhado. E, sem margem de dúvidas, se a pegada não nos tivesse dirigido em direção ao bosque, nenhum de nós teria reparado naquela lança.

— Eu não consigo vê-la — confessou Dick Hammerdull. — Mas se realmente está aí, é porque é um sinal.

— O sinal de um guerreiro dakota — afirmou Winnetou.

— Santo Deus! — exclamou o gordo Dick, algo alarmado. — E o que faz um guerreiro dakota por aqui?

— Não sei; mas gostaria de saber a qual tribo dakota pertence esta lança.

— Seja da tribo que for, esta lança não pode nos ser indiferente, amigos. Aqui não há nenhum dakota, fora dos osagas. E posto que estes desenterraram o machado da guerra, insisto que examinemos o bosque.

E Dick pôs-se a esporear sua velha égua, mas eu o detive, segurando o animal pelo bridão.

— Quer arriscar sua pele, Dick? Essa lança significa que ali estão escondidos índios osagas e que esperam, ou melhor dizendo, estão esperando alguém a quem o sinal está dirigido.

— E você acha que eles não nos viram? — quis saber o velho Holbers.

— Nisso eu confio, Pitt. De toda forma, o mais prudente é nos afastarmos.

Antes de terminar estas palavras, Winnetou, que havia estado calado até então, entretido em seus pensamentos, iniciou a marcha com extrema precaução, em direção ao norte. Com um sinal indiquei aos outros homens que nos acompanhavam, que devíamos seguilo. Assim o fizemos até que perdemos de vista o bosque, encaminhando-nos depois em direção a oeste, para nos aproximarmos do arroio. Uma vez estando em suas margens, não teríamos mais que seguir em sua direção, águas acima, para chegar de novo ao bosque em sua parte norte, escondidos pelo matagal.

Foi então que Winnetou deteve seu cavalo, desmontou e me disse:

— Meus irmãos irão esperar aqui até que Winnetou volte e lhes diga quem estava junto àquela lança.

*　　*　　*

Uma vez mais, o chefe apache propunha adiantar-se a todos, para nos evitar maiores perigos. Meu fiel amigo carregava toda a responsabilidade em nossas empresas, e tínhamos motivos de sobra para confiar nele.

Indiquei a Dick, Pitt e ao policial Treskow que desmontassem, calculando que a ausência de Winnetou poderia durar horas, se é que havia realmente índios osagas naquele bosque. Mas daquela vez equivoquei-me porque, antes de meia-hora, o apache estava de volta, nos informando:

— Ao pé da árvore da lança está sentado um cara-pálida.

— E quem é?

— Old Wabble — respondeu laconicamente o chefe apache.

— Raios! Raios! — rugiu Pitt, ao escutar isto. — O que este velho demônio está querendo ali?

— Está esperando Schahko Matto — tornou a dizer Winnetou. — Schahko Matto (Sete Ursos) é o chefe dos osagas.

— Schahko Matto? — repetiu quase como um eco Dick Hammerdull. — Não o conheço, nem nunca escutei falar dele. O chefe dos apaches o conhece, por acaso?

Winnetou assentiu com a cabeça. Eu sabia que não gostava que lhe fizessem perguntas, por isso esperei com prazer o instante em que sua paciência se esgotaria, mas o gorducho Dick Hammerdull teve sorte aquela vez, e pôde continuar seu interrogatório:

— Esse Schahko Matto... É um valente, ou um covarde?

A pergunta era tola; Schahko Matto queria dizer "sete ursos" e tal nome aludia aos ursos cinzentos. Assim pois, o índio que havia morto sete ursos cinzentos e empre-

15

endia, sem escolta, o caminho da guerra, obviamente tinha valor. Por isso Winnetou nem se dignou a responder, e Dick Hammerdull voltou a perguntar, sem obter resposta. Então, Dick voltou-se para mim, como se pedisse ajuda:

— Por que Winnetou não está falando?

Adivinhei a impaciência e irritação de meu amigo apache em seus olhos, e ele então dignou-se a responder:

— Por que pergunta a meu irmão Mão-de-Ferro e não a mim? Por que permaneci em silêncio? Porque primeiro deve-se pensar e depois falar, já que é perda de tempo informar-se coisas que tão facilmente podemos saber. Para pensar, basta um homem, para falar, precisam-se de dois. Por que então dois precisam falar, quando um só pode resolver ele mesmo o assunto sem fazer outra coisa senão refletir? Meu irmão branco Dick Hammerdull deve ter boa cabeça e ser um bom pensador! Ao menos, é gordo o bastante para isto!

A gargalhada divertida do velho Pitt Holbers cortou de imediato o olhar de reprovação que lancei a Winnetou. Dick podia ter-se aborrecido, mas a grande estima que tinha por Winnetou o fez conter-se, respondendo tranqüilamente:

— Tem razão, o que me incomoda é que este velhote fraco e magrelo aproveite a ocasião para rir-se de mim.

— Não estou rindo; só penso que tem o cérebro na barriga, já que fez tantas perguntas tolas.

Interrompi a discussão que eles iniciavam, ao observar que Winnetou pegava seu rifle e as rédeas do cavalo para afastar-se dali. O chefe apache gostava de ver as piadas e armadilhas que Dick e Pitt costumavam trocar entre si, e que realmente eram divertidas, mas havia coisas mais importantes a serem feitas.

Capítulo III

O apache nos guiou a pé durante um bom pedaço, até que chegamos próximo do bosque. Ele então murmurou:

— Mão-de-Ferro virá comigo. Os demais irmãos brancos ficarão aqui até que escutem três assobios. Então virão a cavalo até a árvore da lança, onde nos encontrarão com os prisioneiros.

Winnetou deu suas instruções com confiança, como se fosse vidente e pudesse assegurar, com certeza, tudo o que ia acontecer. Deixamos nossas armas e entramos no matagal, seguindo água acima, o arroio que devia nos conduzir ao bosque.

Estava anoitecendo e como nos encontrávamos no meio do mato, a escuridão ao nosso redor era maior do que na pradaria. Finalmente chegamos a um lugar onde as margens do riacho torciam-se para a direita, e dali podíamos divisar o bosque mais comodamente. Deslizamos de tronco em tronco, aproximando-nos da árvore em cujo galho tínhamos visto a lança. Como ela encontrava-se próxima do matagal, estava num local mais claro do que o que nos circundava.

Assim pudemos ver, sem sermos vistos, quem estava ao pé da árvore. Tratava-se do homem que havia sido em outros tempos o "rei dos vaqueiros". Seu cavalo estava na pradaria, o que era prova de que Old Wabble acreditava-se em um lugar seguro, pois do contrário, teria escondido o animal no bosque, onde pudemos ver um segundo cavalo amarrado a uma árvore, em sua sela sinais que ressaltavam no couro, que se tratava de Sete Ursos. Este era o motivo pelo qual Winnetou afirmara com tanta certeza que Old Wabble estava esperando por Schahko Matto, pois só ele poderia ser o dono de tão soberbo cavalo. Tudo isso fazia presumir um acordo entre os dois homens, cujo resultado não nos era muito difícil de adivinhar. Old Wabble havia levado, durante tempos, o apelido de "Esfolador de índios", e como tal havia sido odiado e temido pela maioria dos peles-vermelhas. Como era possível então que um chefe índio se relacionasse com ele? Evidentemente tal situação só acontecia se dela esperasse tirar vantagens de enorme importância para ele e os seus. E como os osagas estavam em pé de guerra, devia ser uma manobra qualquer, destinada certamente a prejudicar os homens brancos.

Percebia-se que aquela não era a primeira entrevista entre Schahko Matto e o ladino velho para tratar de seus assuntos. Eu me inclinava a dar por certo que Old Wabble punha-se a serviço dos osagas para facilitar-lhes uma informação, pois de um homem de sua qualidade moral, podia-se esperar qualquer coisa.

Estávamos eu e Winnetou comentando estas coisas, quando vimos um índio aproximar-se por entre as árvores. Não era alto, mas extraordinariamente musculoso, dando a impressão de que, apesar de seus cinqüenta anos de idade, era muito forte e vigoroso. Trazia na mão uma escopeta e na outra um galo montês. Quando já estava perto da árvore, descobriu as pegadas do homem branco e deteve-se, exclamando em inglês:

— Quem é o homem que deixou esta pegada e que agora está debaixo das árvores?

— Sou eu, Old Wabble. Pode aproximar-se.

— Trouxe outros caras-pálidas?

— Não, pelas minhas pegadas pode ver que vim só.

Apesar disto, não nos convencemos. Seus companheiros podiam ter-se separado dele com antecedência, para regressarem mais tarde ao seu encontro, exatamente o mesmo que nós havíamos feito. Sabíamos que o esperto Old Wabble não se encontrava só junto ao rio Republicano. Onde estavam então os seus comparsas? Por acaso ignoravam por completo sua entrevista com o chefe da tribo dos osagas, ou os havia deixado para trás, por qualquer motivo que pudesse nos interessar? A mim me interessava averiguar este último caso, sobretudo.

Schahko Matto perguntou então:

— Quando chegou aqui, Old Wabble?

— Há quase duas horas.

— Preparou no ponto exato o sinal combinado?

— Não, na curva do rio. Examinei os arredores e pensei que este bosque podia ser um bom esconderijo. Por isso vim para cá.

— Aqui estamos seguros. Estou aqui desde o amanhecer, que era o dia em que marcamos para nos encontrarmos.

Parecia que suas palavras vinham carregadas de reprovação, ao que Old Wabble respondeu:

— O cacique dos osagas não deve aborrecer-se comigo por ter tido que esperar. Há um motivo que não o desagradará.

— Old Wabble esteve na granja de Fenner?

— Sim, chegamos ontem, pouco antes do meio-dia. A visita às outras granjas, que vocês também queriam assaltar, nos deteve mais tempo do que esperávamos. Apesar disso, só teria sido preciso que me esperasse até esta noite. Eu não pude vir antes, e a culpa é uma presa de muita importância, que está em suas mãos capturar, se aceitar as condições que vou lhe propor.

— A que presa refere-se, Old Wabble?

— Disso trataremos mais tarde. Agora vou lhe dar minhas impressões das granjas que escolhi.

De onde nos encontrávamos, Winnetou e eu não perdíamos uma só palavra do que eles falavam. Não havia me enganado ao acreditar que Old Wabble estava combinado com os osagas. Pelo visto, pretendiam assaltar quatro granjas, entre as quais a de Fenner. Era a história de sempre que, por desgraça, repetia-se mais uma vez. Os osagas haviam sido enganados pelos brancos, e para ressarcirem-se de certo modo, e ter a carne que precisavam, roubavam os bois e outros animais das fazendas.

Seus guerreiros haviam sido perseguidos e quase exterminados pelos brancos, e por isso Schahko Matto clamava vingança e justificava a guerra. Planejavam assaltar as quatro granjas maiores, situadas nas margens do rio Republicano.

E para secundar tais ações, ali estavam homens sem moral como Old Wabble, capazes de vender sua alma ao diabo. Por esse diálogo que escutamos, pudemos deduzir que já haviam tido outros contatos, e por suas palavras, chegamos à seguinte conclusão: os osagas obteriam o couro cabeludo dos odiados caras-pálidas, as armas, os rebanhos. Por outro lado, Old Wabble reclamava para si e sua gente todo o restante, quer dizer, os despojos do feroz assalto às granjas escolhidas. A divisão não era injusta, posto que significava dinheiro e outros objetos que podiam ser vendidos facilmente.

Depois desta primeira conversa, o chefe dos osagas voltou a recordar a Old Wabble que ele havia lhe falado sobre uma grande presa, ao que o velho respondeu astuciosamente:

— O cacique dos osagas vai responder-me antes algumas perguntas. Conhece o chefe dos apaches, Winnetou?

— Aquele cão? Conheço!

— Alguma vez ele mostrou-se hostil, para que o chame de cão?

— Há três verões, havíamos desenterrado os machados de guerra contra os cheienes e matado muitos de seus guerreiros, quando ele foi ajudá-los. É covarde como um coiote, mas astuto como uma raposa. Simulou que queria lutar conosco, mas logo começou a retirada, até o outro lado do Arkansas. Nós fomos em sua busca, e não o conseguimos achar até que, de repente, caiu sobre nossas tendas, roubou nossos rebanhos e aprisionou todos que tinham ficado no povoado. Quando chegamos, ele havia convertido nosso acampamento numa fortaleza, dentro da qual estavam nossas mulheres, crianças e velhos, forçando-nos a uma paz que não custou a ele nem uma só gota de sangue. Queira o Grande Espírito que este cão sarnento caia algum dia em minhas mãos!

Este feito, o qual o chefe dos osagas relatava com tanta fúria, havia sido um grande triunfo para Winnetou. Naquele tempo eu ainda não era seu amigo, mas Winnetou contou-me todos os detalhes daquela engenhosa manobra, com a qual havia conseguido evitar o aniquilamento de nossos amigos cheienes, que apesar de serem em menor quantidade que seus inimigos, haviam sido conduzidos pelo apache a uma vitória clamorosa, sem derramarem uma só gota de sangue.

— Por que não se vingou dele? Não acho que seja muito difícil fazê-lo prisioneiro, pois raramente encontra-se nos povoados apaches. O espírito do mal o impulsiona sem tréguas a percorrer as montanhas e pradarias, e como não gosta de levar uma grande escolta consigo, bastaria preparar uma emboscada para aprisioná-lo.

— Está falando sem pensar no que diz. Justamente por estar sempre em um lugar e outro, não se pode aprisioná-lo. Os rumores já nos apontaram com freqüência um lugar em que ele havia sido visto, para não estar mais ali quando chegamos. Winnetou assemelha-se a um lutador ao qual é impossível imobilizar, pois consegue sempre escorregar para longe; quando se pensa que ele vai ser capturado, aparece a seu lado aquele outro diabo, o cara-pálida a quem chamam Mão-de-Ferro. Quando ele e o apache estão juntos, nem vinte osagas juntos conseguem atacá-los e prendê-los.

— Vou mostrar-lhe que está errado. Mão-de-Ferro é também seu inimigo?

— Nós o odiamos mais que Winnetou, muito mais. Pelo menos, o chefe apache é um homem de nossa raça; mas Mão-de-Ferro, é um branco a quem, só por ser branco, já devemos odiar. Por duas vezes esse homem já ajudou os utahs a lutarem contra nós; é o pior inimigo dos oguelalás, os quais são nossos amigos e irmãos. Mão-de-Ferro matou as pernas de Tangua, o chefe dos oguelalás, e agora ele não pode mais andar. E o mesmo ele fez com vários de nossos guerreiros, quando estes tentaram acabar com ele. Isso é pior do que a morte. Mas esse cão branco gosta de dizer que só tira a vida de seus inimigos quando estes o obrigam; no mais, aloja as balas de seu rifle nos joelhos, ou no quadril, privando-os assim para toda a vida do movimento de suas pernas. Ai dele se chegar a cair em nossas mãos! Mas temo que isto nunca aconteça pois, igual a Winnetou, ele é como as grandes aves que voam a grande altura sobre o mar, e jamais descem no vale.

— Também nisto está enganado. Pousam com muita freqüência, e agora me consta que, precisamente nestes momentos, encontram-se a tão baixa altura, que seria muito fácil prendê-los...

— O que está dizendo, é verdade?

— Sim.

— Você os viu?

— Falei com eles...

— Onde, fale, onde?

— Posso ajudá-lo a conseguir Winnetou e Mão-de-Ferro, mas com uma condição.

— Diga-me qual!

— Eles agora estão com outros três homens. Vocês ficam com os outros três brancos e deixam para mim Winnetou e Mão-de-Ferro.

— Quem são os outros três caras-pálidas?

— Dick Hammerdull, Pitt Holbers e um policial chamado Treskow.

— Não os conheço e não me interessam. Como se atreve a me sugerir tal coisa? Sabe muito bem que meu interesse é em Winnetou e Mão-de-Ferro.

— Eu também preciso me vingar deles, e minha vingança vale tanto quanto a sua. Direi até que daria minha vida para conseguir vingar-me.

O cacique refletiu por um instante, antes de dizer:

— Onde eles estão?

— Muito perto daqui.

— Mas... Você tem certeza? Estão já na armadilha?

— Só preciso de alguns guerreiros seus para capturá-los.

— Necessita de alguns guerreiros? Não pode ser de outro modo?

— Não.

— Então, se precisa de minha gente, suas palavras são falsas. Ainda não os tem seguros, e podem escapar de novo. Neste caso, como é capaz de exigir para você precisamente o que eu desejo para mim?

— Porque se não concordar comigo, não conseguirá nada.

— E o que você pode fazer, se não tiver os guerreiros osagas que me pede?

De certa forma era engraçado vê-los discutir a forma de nos fazer prisioneiros, estando Winnetou e eu tão próximos deles. Começaram uma negociação demorada, o que nos mostrou que Schahko Matto era demasiado precavido e astuto para deixar-se enrolar por Old Wabble, que se via obrigado a renunciar a sua vingança particular, se não diminuísse suas exigências.

Finalmente ele anunciou:

— De acordo! Vou ceder-lhe, além dos outros três brancos, a Winnetou. Mas Mão-de-Ferro é meu! Aceite ou... Nada feito!

O chefe dos osagas não parecia muito inclinado a aceitar. Via-se que de boa vontade também teria ficado com a minha pessoa; mas pensou que, apesar dos pesares, valia mais contentar-se com o que lhe ofereciam, que desperdiçar a ocasião de vingar-se de Winnetou. Por isso disse:

— Cumpra-se a vontade do astuto Old Wabble e fique com Mão-de-Ferro. Mas agora quero saber, de uma vez por todas, onde estão esses homens, e a maneira que iremos fazê-los prisioneiros.

E a discussão entre eles continuou.

Capítulo IV

O velho vaqueiro contou a Schahko Matto que havia nos encontrado na granja Fenner, mas não contou nada sobre seu desastroso ataque. Quando terminou o relato, acrescentou:

— Já sabe agora porque não pude chegar na hora em que marcamos. Precisava averiguar tudo o que se refere a esses cinco cavaleiros, não deixando passar nada do que ia acontecer, se é que vamos aprisionar estas valiosas presas. Os homens da granja ignoram a relação que tenho com Winnetou e seu amigo Mão-de-Ferro. Só um deles sabia o motivo pelo qual eu havia vindo ao rio Republicano e contou então para os outros. Fiquei sabendo, no entanto, que eles pretendem subir ao Colorado, aonde os precedeu outro branco, também inimigo ferrenho dos peles-vermelhas. Pensam em reunir-se a ele em um local cujo nome não consegui escutar, para atacar depois a uma quadrilha de caras-pálidas que...

— Quem é este outro branco de que fala? — interrompeu-o Schahko Matto.

— Creio que o chamam de Mão-Certeira.

— Mão-Certeira? Uff! Perseguimos este cão durante três dias, sem conseguir colocar os olhos sobre ele. Matou dois guerreiros e vários cavalos, e desde então não voltou em nossas terras. Teme nossa vingança!

— Está errado novamente, meu amigo. Mão-Certeira, há alguns dias, esteve na granja desse Fenner, e posto que dali dirigiu-se ao Colorado, não o pôde fazê-lo sem atravessar seus domínios. Assim é que, como vê, não parece que ele os tema!

— Não sabia disso! Mas ainda não está livre de nossa vingança!

— Deixe as ameaças de lado e pense que o grupo de Winnetou e Mão-de-Ferro possivelmente já saiu da granja de Fenner. De qualquer forma, coloquei meus homens em ambas as margens do rio, e logo, logo eles irão se encontrar.

— Você deu ordem para que ataquem?

— Não, só para que sigam sua pista.

— Old Wabble agiu bem.

Winnetou e eu não pudemos deixar de sorrir. Schahko Matto podia pensar que aquele safado era um homem esperto, mas nós sabíamos que ele havia se equivocado ao supor que seguiríamos o rio, já que havíamos preferido cortar em linha reta passando, pelo visto, a uma enorme distância das sentinelas que nos estavam aguardando.

— O chefe dos osagas — escutamos Old Wabble prosseguir a conversa, — verá que fiz um bom trabalho. Agora o que é preciso é que seus guerreiros estejam preparados para quando eu necessitar.

— Old Wabble não deve temer. Schahko Matto só tem uma palavra e sempre a cumpre.

— Onde estão seus homens?

— Têm ordem para reunir-se em *Wara-tu* (água da chuva), que se encontra situado junto à grande vereda dos búfalos. O lugar é muito distante do caminho que se costuma usar, por isto todos os meus guerreiros podem reunir-se ali sem serem vistos por um só branco.

— Eu não sei onde está *Wara-tu*. Quanto tempo de cavalgada até lá?

— Minha montaria, o cavalo mais veloz e resistente dos osagas, está descansada. Posso estar ali muito antes do amanhecer, e ao meio-dia posso estar aqui novamente, com quantos guerreiros precisar.

— Quantos me oferece?

— Vinte irão bastar!

— Não acredite nisso, você mesmo disse o quanto é perigoso e difícil capturar estas duas cobras juntas! Necessito de mais guerreiros!

— Cinqüenta?

— Sim, assim está melhor. Mas eu não vou ficar aqui esperando seu retorno. Vou com você.

— Não, você deve ficar aqui para receber sua gente!

Schahko Matto parecia disposto a partir, quando com um cutucão Winnetou anunciou-me que havia chegado o momento de agirmos.

Entrando em Ação

Capítulo Primeiro

De repente vi Winnetou saltando sobre Old Wabble e o prendendo, como se ele fosse um coelho, pelo pescoço.

Meu amigo aproveitou-se do fato de que Schahko Matto havia se levantado para aproximar-se do cavalo, para agir assim. Eu, por minha vez, saltei sobre o cacique osaga, como se fosse um gato selvagem.

Com a mão esquerda agarrei sua nuca, dando com a direita um bom golpe, que o fez cair rodando no chão. Depois eu o arrastei para o lugar onde antes haviam estado. E em menos de dois minutos, nós os amordaçamos, depois do que Winnetou deu três penetrantes assobios, que era o sinal combinado. Nossos três companheiros não demoraram em aparecer, com nossas armas e os cavalos. Colocamos os prisioneiros em cima de suas próprias montarias e nos afastamos do bosque, para evitar um encontro prematuro com os homens de Old Wabble, que possivelmente não tardariam em chegar. Caminhamos um bom tempo ao longo do arroio, água acima; cruzamos por fim a pequena corrente de água, para voltar a penetrar na pradaria até um matagal, onde decidimos parar. O chão ali estava úmido e bastante remexido pelos cascos de búfalos. Assim, pudemos acender o fogo no fundo de um pequeno barranco, já que assim o resplendor da fogueira não chegaria até a pradaria.

Quando tiramos os prisioneiros de suas montarias e os colocamos junto ao fogo, seu aturdimento já havia passado. Durante o caminho, Schahko Matto não havia dito nem uma só palavra, mesmo tendo nos reconhecido imediatamente. Mas Old Wabble, incapaz de conter sua indignação, disse:

— Maldito seja, Mão-de-Ferro! Será que devo ser sempre seu prisioneiro? E esse índio "civilizado"? Não se cansa de seguir seus tediosos conselhos de bom cristão?

Winnetou era por demais altivo para dignar-se a responder a um homem como aquele, e eu imitei seu exemplo. Mas Dick Hammerdull, que sabia o que eles tinham pensado em aprontar conosco, replicou-lhe acidamente:

— Dê graças a Deus de cair nas mãos de homens como Mão-de-Ferro. Você é pior que as feras, que só matam porque precisam de comer. Mas você não, você mata e continua pensando em matar só pelo prazer rasteiro da vingança. Pois tome cuidado para que não seja eu a assar suas orelhas, velha raposa.

Cinicamente o prisioneiro replicou:

— O "virtuoso" Mão-de-Ferro jamais o permitirá.

— Feche a boca ou, consentindo ou não, ficará sem as orelhas. Ele já lhe perdoou uma vez, e volta a fazer das suas! Verá se outra pessoa terá tanta paciência assim com você.

— Já que é tão justo, com que direito nos trata como prisioneiros?

— Não seja estúpido, velho ladino — explodiu Pitt Holbers. — Mão-de-Ferro e Winnetou escutaram todos os seus planos.

Esta informação fez baixar o ânimo do velho. Se conhecíamos todos os seus planos com relação a nós, nem mesmo sua sem-vergonhice era capaz de vencer o medo de nossa vingança. Eu havia perdoado a ele quando tentou me matar, mas seu plano era contra todos nós, e aquele renegado deve ter pensado que nada conseguiria com maus modos, grosserias e nos ridicularizando.

Assim, modificou sua atitude, motivo pelo qual nem Holbers nem Hammerdull conseguiram continuar brigando com ele. E então, ocorreu algo que me mostrou mais uma vez, o quanto eu e Winnetou tínhamos em comum. Pouco depois de sairmos do bosque, eu havia pensado em Fenner e nos outros fazendeiros, que deviam ser assaltados pelos osagas; eles nada suspeitavam disto, e era preciso, portanto, adverti-los. Mesmo estando o chefe dos osagas em nossas mãos, aquilo podia representar apenas um adiamento momentâneo; quem sabe se mais tarde os seus guerreiros não decidiriam levar adiante o plano traçado?

Winnetou também achou isto, e dispôs-se a ir avisálos. Olhando o magnífico cavalo de Schahko Matto, perguntou-me:

— O que acha meu irmão branco deste garanhão osaga?

— Acho que tem bons pulmões e seus músculos são resistentes, parecendo que mantém um bom galope. Pode montá-lo com a certeza que ele o levará e o trará com rapidez.

— E meu irmão Mão-de-Ferro sabe aonde me proponho a ir?

— Sim. Nós ficaremos aqui esperando seu regresso.

Winnetou, com um ágil salto, montou no cavalo de Schahko Matto e, sem perder mais tempo e nem dar nenhuma instrução, partiu a galope.

Capítulo II

Ao chegar a noite, distribuí as horas de vigília, ficando eu com as horas de maior perigo, já que confiava mais em mim do que naqueles que a casualidade havia feito meus companheiros.

Depois de recomendar-lhes para que tomassem as maiores precauções possíveis com os prisioneiros, e jantar algo, deitei-me e dormi por uns momentos. Foi Dick Hammerdull quem me despertou, para que eu o rendesse.

Tudo estava em ordem, e enquanto Dick ia deitar, saí para dar uma pequena ronda pelos arredores. Enquanto andava, pensei no que devia fazer com os prisioneiros, já que aqueles dois homens haviam tramado atentar contra nossas vidas.

Pensei em levá-los conosco para o Colorado, mas sua presença só iria servir para nos atrasar e causar muitos transtornos. E como não me decidia entre uma coisa ou outra, resolvi esperar pelo regresso de Winnetou.

O lugar onde estavam acampados os guerreiros osagas, eu conhecia perfeitamente, já que tinha estado por lá muitas vezes. As manadas de búfalos que encaminhavam-se no outono para o sul, e na primavera para o norte, faziam sempre os mesmos caminhos. E junto a uma destas pistas de búfalos estava *Wara-tu*, um lugar muito semelhante ao que nos encontrávamos agora, só que com uma vegetação mais exuberante e com a grama bem alta. Winnetou nos havia conduzido ali, porque estava a caminho de *Wara-tu*.

A noite passou sem nenhuma novidade, e o dia começou a clarear. Deixei que meus companheiros dormissem mais um pouco, mesmo porque não tínhamos nem um plano, e a força que lhes devolveria aquele descanso prolongado poderia mais tarde ser-nos útil.

Aquele dia transcorreu entre dormir e vigiar os prisioneiros até que, de noite, Winnetou regressou. Havia estado fora por cerca de vinte horas, e não havia dormido um só momento e, no entanto, aquele índio que parecia ser feito de ferro, parecia tão descansado quanto qualquer um de nós, que havíamos passado o dia a descansar.

O cavalo osaga tampouco dava mostras de cansaço excessivo. Era um bom animal, do qual seu dono se mostrava orgulhoso, mas eu havia me proposto trocar seu orgulho em fúria e, aproveitando que, segundo as leis da pradaria, o prisioneiro pertence, com tudo aquilo que leva consigo, àquele em cujas mão caiu, como necessitávamos de bons cavalos, comentei em voz alta:

— Este magnífico cavalo nos será bem útil.

Schahko Matto fuzilou-me com o olhar, mas nada disse.

Quando Winnetou terminou de comer junto à nossa pequena fogueira, contou-me todos os pormenores de sua viagem. Disse-me que havia avisado nosso amigo Fenner, para que este, por sua vez, fizesse a notícia correr entre os outros fazendeiros.

O que precisávamos saber era o que estavam fazendo os osagas acampados junto a *Wara-tu*, mas este lugar não estava na direção que pensávamos seguir, e portanto, se queríamos espionar os guerreiros osagas, a presença de nossos prisioneiros era um verdadeiro estorvo. Winnetou e eu ficamos um longo tempo discutindo o assunto, e o lugar onde deveríamos nos encontrar depois de nos separarmos para seguirmos uma rota distinta.

— Conhece meu irmão a grande caverna *Kih-pe-ta-kih*? (Mulher velha)

— Sim, e me parece um bom lugar.

— Mas para chegar até lá, é preciso dar uma volta, e precisa de tempo para espionar os osagas. Será melhor que Dick lhe acompanhe.

— Eu? — gritou assombrado Dick. — Também tenho que ir?

— Se não acha isto bom, pode dizer não — disse.

— Não sei, eu... Bem, eu o acompanharei.

— É melhor que o faça — interveio Winnetou, e depois voltou-se para o cacique dos osagas, com quem não havia trocado uma só palavra até então: — Schahko Matto deve responder minha pergunta. Quis assaltar quatro granjas dos caras-pálidas?

O chefe dos osagas não respondeu, e Winnetou repetiu a pergunta, mas sem obter resposta alguma, ao que o apache respondeu então:

— O cacique dos osagas teme o cacique dos apaches, e por isto as palavras não saem de sua boca.

Isto provocou uma reação em Schahko Matto, que respondeu colérico:

— Eu, o cacique supremo dos osagas, matei com minhas próprias mãos sete ursos cinzentos, como meu nome mesmo diz. Como vou acovardar-me diante de um coiote?

Winnetou não perdeu sua habitual calma, e tornou a perguntar:

— Schahko Matto não quer confessar que estava disposto a assaltar essas granjas?

— Não; não o confesso, porque não é verdade.

— Nós sabemos que é verdade, porque escutamos suas palavras. Mas Winnetou já avisou a estes caras-pálidas e se estes guerreiros mostrarem as orelhas por ali, as perderão, porque os caras-pálidas já estão bem preparados para recebê-los. Também sabem que esse Old Wabble o estava ajudando, e agora o estão procurando para enforcá-lo.

Olhei para Wabble e vi que, sem poder conter-se, ele passava a mão pelo pescoço, como se já estivesse sentindo a pressão da corda.

— Eu não fiz nada! Isto é uma infâmia!

Todos o olhamos, mas só Dick Hammerdull dignou-se a responder-lhe:

— Cínico!

Old Wabble não replicou, temendo que, além das palavras, a fúria de Dick se concretizasse em algo mais contundente e perigoso, mas quando viu que isso não aconteceria, tornou a mostrar-se ofendido, e cuspiu na grama como forma de mostrar seu desprezo por nós.

— Aperte forte as amarras deste cretino — disse Treskow.

— Concordo — disse Dick, começando a levantar-se, mas Winnetou, nobre como sempre, interveio:

— Não façam isso, meus irmãos brancos. Esse homem não pode nos atrapalhar, e está com os dias contados; está mais próximo de sua cova do que imagina, e a um moribundo não se deve fazer sofrer.

— Ora, ora! — exclamou cinicamente Old Wabble. — Vejo que esse apache ouviu bem as palavras de seu bom amigo Mão-de-Ferro. Agora, até ele gosta de pregar sermão. Pois saiba que, ainda que minha sepultura se abrisse aqui mesmo, eu não temeria a morte, e sim iria rir dela. A vida não é nada! A morte não é nada! Isto tudo são bobagens inventadas por um punhado de idiotas, para assustar velhas e crianças. Eu vim ao mundo sem pedir permissão a ninguém e, que o diabo me carregue, se vou pedir a alguém para sair desta maldita vida!

Afastei-me dali para não ouvir mais as palavras daquele homem e comecei, com a ajuda de Dick, a preparar as coisas para nossa jornada.

Capítulo III

Quando saímos do acampamento, o sol já estava descendo no horizonte, e logo iria escurecer, mas isso não era um grande obstáculo para mim e para Dick, posto que naquele lugar a pradaria era bem ampla e uniforme.

Meu cavalo deu um pinote, sem que eu visse razão para isso. Só um pouco mais tarde descobri uma colônia de doninhas. Estes animais vivem agrupados em centenas, e cavam a terra de tal modo, que os cavaleiros têm que dar uma volta, para evitarem cair nos buracos. O som de nossos cascos era duro, não havia grama, porque estávamos na parte mais ocidental do estado, mais pedregosa e seca que a oriental.

Não havia árvores nem nenhuma outra coisa que pudesse servir-nos de sinal, e ainda que houvesse, não poderíamos ver naquela escuridão. Meu companheiro me perguntou várias vezes se eu conhecia o caminho, ao que tive que responder que naquela comarca desabitada não existia caminho de nenhuma espécie e não podia, portanto, saber se estava certo ou errado, diante do que ele protestou de imediato:

— Não se apresse tanto, senhor Mão-de-Ferro! Vá mais devagar. Minha cabeça também tem seu valor, e se cair do cavalo e a quebrar, não terei mais nenhuma. Por que estamos com tanta pressa?

— Com efeito, Dick!

— Por que?

— Porque temos que chegar a *Wara-tu* muito antes do amanhecer. Esse lugar é muito aberto e muito amplo, e se chegarmos em pleno dia, os guerreiros osagas certamente nos descobrirão.

Por fim, algumas estrelas apareceram, e Dick já temia menos por sua cabeça ao cavalgar com maior visibilidade. Mas de vez em quando moderávamos nossa marcha para que os animais descansassem e, um par de vezes, ao cruzarmos algum pequeno rio, os deixávamos beber, mas no mesmo instante continuávamos rumo ao nosso objetivo.

Assim vimos chegar a meia-noite, até que as estrelas voltaram a desaparecer debaixo de uma espessa camada de nuvens que foi cobrindo por completo o céu.

Não havia dúvida que se aproximava uma boa tempestade.

— Só nos faltava isso! — resmungou meu companheiro. — Já está escuro novamente, e ainda mais do que antes. Que tal se pararmos um pouco?

— Para que, Dick?

— A tradução de *Wara-tu* não é "água de chuva"?

— Sim.

— Então, por que continuar? Se nos sentarmos aqui, no meio da pradaria, se esperarmos um momento apenas, teremos tanta água de chuva quanto desejarmos!

Sorri diante das palavras de meu amigo e lhe disse que era melhor que chovesse, posto que assim nos veríamos mais protegidos dos olhos dos osagas. Isso pareceu tranqüilizá-lo um pouco.

Seguimos cavalgando e quando eu já começava a temer ter tomado o caminho errado, o chão passou a descer com certa brusquidão. Apeamo-nos para levar os cavalos pelo bridão, descendo pelo morro que se tornava mais acentuado a cada passo. Por fim chegamos ao ponto mais profundo do vale e ali iniciamos a subida.

— Nós não nos perdemos, Dick. Fizemos um bom caminho. Agora, mais uns minutos de galope, e em seguida daremos com *Wara-tu*.

Dentro em pouco, Dick tornou a me perguntar:

— Existe muito mato no lugar onde vamos?

— Muito, Dick; o suficiente para nos acercarmos dos osagas, bem ocultos.

Não havíamos terminado de falar, quando um primeiro relâmpago rasgou o horizonte. Com a claridade provocada, vimos um matagal longo e estreito, do qual calculei estarmos distantes uns quinhentos passos.

— Chegamos, Dick. Você ficará aqui com os cavalos, certo?

— Você é quem manda, mas vamos combinar algum sinal para que, quando tiver terminado sua missão, consiga me encontrar.

Não era necessário, já que sabia perfeitamente onde era o lugar, além do que, Dick e sua enorme gordura já era um bom ponto de referência. Ele não se aborreceu com minhas palavras, e com um aperto de mãos nos despedimos. A missão não era fácil e meu amigo sabia disso, assim como eu.

Capítulo IV

O lugar era um vale extenso, quase cheio de água, de uns cinqüenta metros de diâmetro e rodeado por arbustos. Entre o lago e o matagal havia um anel de largura regular, limpo de vegetação e pisoteado pelas pegadas de búfalos selvagens.

Estes animais costumam revolver instintivamente o chão macio, para cobrirem-se com uma crosta de lodo, que os defendem dos insetos.

Cheguei sem dificuldades às primeiras formações de mato onde percebi cavalos à minha direita. Agachando-me mais ainda, avancei naquela direção, já que naquele caso convinha não perder de vista a montaria do inimigo. Atrás do matagal, algo distante, ardiam algumas fogueiras, cujo resplendor chegava até mim entre os arbustos.

Graças à sua claridade pude ver que um dos cavalos que estava amarrado nas estacas, era um magnífico alazão marrom, cuja crina exuberante estava trançada à maneira dos comanches naiini. Aquilo chamou minha atenção, e mais ainda o fato de não ter ninguém vigiando aqueles animais, já que, ainda que aqueles índios se considerassem completamente seguros, era de elementar prudência não deixá-los sós. Recuei uns passos para me esquivar do resplendor das fogueiras e me estendi de bruços, arrastando-me assim para continuar avançando.

Deparei-me então com um espetáculo inesperado. Mais de duzentos guerreiros osagas estavam acampa-

38

dos na lagoa e esperavam impacientes que seis de seus companheiros terminassem a dança dos búfalos. Conhecedor dos costumes indígenas, isto me fez buscar ansiosamente por ali um elemento indispensável neste ritual: um prisioneiro. E logo dei com ele. Tratava-se de um índio. A luz da fogueira iluminava-lhe o rosto, e assim eu pude reconhecê-lo no mesmo instante. Aquele homem chamava-se Apanachka e era o nobre chefe dos comanches naiini.

Eu ignorava o que poderia tê-lo trazido ao Kansas e como havia caído na mão dos guerreiros osagas, seus terríveis inimigos, mas o que sabia era que, se não conseguisse libertá-lo, Apanachka estaria perdido.

Comecei a pensar numa forma de ajudá-lo e logo me dei conta de que não era tão difícil assim. Ali todos pareciam sentir-se seguros e ninguém se preocupava com o prisioneiro. Atrás da árvore onde ele se encontrava amarrado, havia um matagal bastante cerrado que oferecia certa proteção.

Não sou homem que pense muito nas coisas, quando a circunstância exige ação, assim pois, como pude, fui-me arrastando até me colocar atrás da árvore. Mas antes recuei até onde me esperava Dick, para dizer-lhe que seguisse com os cavalos o mais perto possível.

Tudo isto tive que fazer apressadamente, pois devia libertar o prisioneiro antes que terminasse a dança dos búfalos. Desamarrei o cavalo do comanche e o levei para Dick.

— Amarre-o bem; ele pertence ao homem que vou libertar.

— Mas, como? Achei que você ia só espionar...

— Nem uma palavra mais! E não se esqueça das minhas instruções.

Um novo relâmpago rasgou o céu e temi que a tempestade desabasse, encerrando a dança. Se tal coisa acontecesse, os osagas voltariam a prestar atenção no prisioneiro e eu não poderia fazer nada por ele. Aproximei-me até estar convenientemente situado atrás da árvore, e então sussurrei:

— Tenha cuidado!

O preso balançou a cabeça, em sinal de que havia compreendido. Estava bem amarrado na árvore por meio de três cordas; uma nos tornozelos, outra ao redor do colo e a terceira nos pulsos. Não pensei mais e com golpes certeiros da minha faca, cortei as cordas. A maior dificuldade estava em soltar a corda que o amarrava pelo colo, pois tinha que levantar-me e isso poderia ser fatal para nós dois; mas como não havia outro remédio senão arriscar-me, o fiz com movimentos rápidos e pedindo a Deus que nos ajudasse naqueles instantes que podiam ser tão decisivos.

Uma vez conseguido o meu propósito, com um fio de voz disse em seu idioma:

— *Beiteh, tiok ominu*! (Venha, siga-me!)

Ele agachou-se e deslizou até mim por entre o matagal; de repente, um relâmpago iluminou todo o monte e um terrível troar fez a terra retumbar, depois do que começou a cair um verdadeiro dilúvio. A dança dos osagas, que até aquele momento havia reclamado sua atenção, interrompeu-se e, sem dúvida alguma, logo dariam conta da fuga do prisioneiro, motivo pelo qual começamos a correr com todas as nossas forças.

Já gritavam às nossas costas duzentas vozes iradas, quando Dick Hammerdull saiu ao nosso encontro com os três cavalos.

Quando Apanachka viu sua montaria, com um ágil salto montou, ao mesmo tempo que o animal relinchava ao reconhecer seu dono. Pouco depois empreendemos um galope desesperado em direção desconhecida, até onde o instinto de nossos cavalos nos quisesse levar. A questão era nos afastarmos dali o mais rapidamente possível.

Old Wabble em Liberdade

Capítulo Primeiro

Tomamos a direção de onde deveríamos nos encontrar com Winnetou, até Kih-pe-ta-kih

Meu amigo apache havia calculado um certo tempo para levar a cabo minha missão, mas como os acontecimentos haviam se precipitado, tivemos que nos conformar com saber que ali havia duzentos osagas em pé de guerra, mas desconhecendo por completo suas intenções.

Apanachka não me havia reconhecido entre tanta confusão, e nada estava mais distante de sua imaginação do que meu nome.

Estava pensando nisto quando Dick me perguntou:

— Quem é ele?

— Um dos mais importantes chefes comanches; mas não quero que suspeite que eu o conheço, pelo menos agora.

— Demoraremos muito para chegar até o local onde vamos nos encontrar com Winnetou?

— Umas quatro ou cinco horas.

Quando deixou de chover, cavalgamos a uma maior velocidade, sempre seguidos por Apanachka. Foi Dick o primeiro a falar com ele, e ao escutar eu algumas palavras que me despertaram o interesse, diminui o trote de meu cavalo.

Apanachka, valendo-se de seu próprio idioma, de algumas palavras em inglês e sobretudo da mímica, perguntou a meu companheiro quem era eu, ao que Dick respondeu:

— Ele é um ator.

— E o que é isto? — perguntou o índio, intrigado.

— Um homem que anda sempre de um lado para outro e dança a dança do urso ou do búfalo, como essa que estavam bailando aqueles índios que iam matar você.

— E como se chama?

Quase soltei uma gargalhada ao ouvir o mentiroso Dick afirmar, muito sério:

— Chama-se Kattapattamattafattagatta.

— Uf! Não poderei dizer nunca esse nome. E diga-me, por que o cara-pálida que me salvou não quer falar comigo?

— É que não pode escutar bem.

— É surdo?

— Completamente.

— Isso me aflige, porque assim não poderá escutar minhas palavras de agradecimento. Tem mulher e filhos?

— Se tem? Ele é um safado! Tem doze esposas e duas vezes vinte filhos e filhas, surdos como ele.

— Uf! — voltou a resfolegar Apanachka. — Não poderei falar com suas mulheres e filhos...

— Poderá sim, usando as mãos!

Um fato viria a desmentir toda esta invencionice de Dick. Apesar do ruído que faziam nossos cavalos, me pareceu ter escutado diante de nós outras cavalgaduras. Detive-me e ordenei a Dick e ao comanche que fizessem o mesmo. Havia escutado bem, um cavaleiro aproximava-se de nós. Sem saber se se tratava de um dos guerreiros osagas, me inclinei a surpreendê-lo e tomá-lo como prisioneiro, e desta forma ele serviria como mensageiro entre nós e sua gente, e poderia dizer-lhes que tínhamos seu chefe como prisioneiro.

— Esperem aqui — disse-lhes.

E dirigi-me à esquerda, certo de encontrar, se meus ouvidos não tivessem me enganado, o cavaleiro que se aproximava. Chegou enfim. Eu o deixei passar, para então saltar em cima de seu cavalo. Assim o fiz e quando me sentiu sobre a garupa de sua montaria, sua surpresa foi tamanha, que me foi fácil vencê-lo. Apertei-lhe a garganta e ele soltou as rédeas, deixando cair os braços.

Infelizmente, a atitude do cavalo foi menos passiva. O animal, ao sentir sobre si um carga dupla, começou a corcovear e escoicear para todos os lados. A situação era perigosa para mim, que me encontrava na garupa e precisava segurar o cavaleiro, tentando ao mesmo tempo pegar as rédeas. Em plena luz do dia não teria sido tão difícil, mas no meio daquela escuridão reinante, o máximo que podia fazer era tentar não ser derrubado pelo cavalo.

Logo, alguém dominou o cavalo. Eu soltei meu prisioneiro e rápido empunhei um dos meus revólveres:

— Quem é?

— Apanachka — respondeu-me uma voz. — Mão-de-Ferro pode matar o osaga, se quiser! Eu vigio o cavalo.

Dei um pulo, arrastando o prisioneiro comigo, que não ofereceu nenhuma resistência.

— Como me reconheceu, Apanachka?

— Já tinha reconhecido sua "Hatitla" — respondeu sorrindo. — E então vi o rifle que entregou a seu companheiro e já não duvidei mais quem era. Mas diga-me, o que iremos fazer com o prisioneiro?

— Nós o levaremos conosco.

Naquele instante Dick Hammerdull chegou e, ao vê-lo, o índio prisioneiro começou a tremer e tentou escapar; possivelmente ele tomou-o por chefe de nosso grupo, ao vê-lo tão gordo, e pensou que sua hora havia chegado.

Nós o amarramos em seu próprio cavalo, sem que Apanachka e eu trocássemos muitas explicações sobre o nosso encontro. Só quando voltamos a cavalgar, o comanche postou-se a meu lado, oferecendo-me sua mão e dizendo:

— Apanachka dá graças ao Grande e Bondoso Manitu por haver-lhe permitido ver de novo o melhor de todos os guerreiros brancos. Mão-de-Ferro salvou-me da morte certa.

— Desde que tive que separar-me de meu jovem amigo, o valente cacique dos comanches naiini, meu coração não o esqueceu.

Depois deste breve cerimonial, continuamos o caminho que havíamos traçado até que a noite cedeu lugar ao dia. E com a luz pudemos comprovar que eu não havia me enganado, e que estávamos no caminho certo.

Capítulo II

O *Kih-pe-ta-kih* achava-se situado no oeste do Kansas, região de formação cretácea. Ali, e no sudoeste, havia sido encontrado recentemente uma quantidade considerável de sal e quando isto acontece em grandes massas e se dissolve pela ação da chuva, podem-se produzir cavidades subterrâneas, cuja capa afunda por falta de apoio. Estas depressões apresentavam, geralmente, paredes em forma de picos e bordas agudas; estas paredes, se forem impermeáveis, formam, com o tempo, um lago; se, pelo contrário, forem porosas, a água infiltra-se através delas e o solo conserva uma umidade que favorece o nascimento e desenvolvimento de uma vegetação mais ou menos vigorosa.

Tal flora primeiramente consiste em plantas ávidas por sal, e ao desaparecer do terreno esta substância, surgem outras que recusam tal substância. Quando uma destas depressões se encontra numa região plana, produz de longe um efeito peculiar, porque só se vêem as copas das árvores que cresceram na depressão. E tal coisa ocorria com Kih-pe-ta-kih, nome dakota que significava "mulher velha".

Com efeito, o frondoso lugar, limitado pela linha da planície, oferecia um perfil como se fosse uma mulher acocorada no chão. Quando a vimos aparecer diante de nós, o sol saía pelo horizonte às nossas costas. Já nos aproximávamos do local de encontro com Winnetou. Por precaução, mandei que todos parassem e dei uma volta em torno da montanha. Não havia nem uma só pegada ali, só o caminho que conduzia para o fundo do vale. E foi para lá que nos dirigimos.

Ali chegando, empurrado pela curiosidade, comecei a perguntar a Apanachka o que havia acontecido com ele. Mas Dick nos interrompeu antes que o cacique tivesse tempo de falar algo:

— Fiquei sabendo que meu irmão vermelho é um cacique dos comanches. Como caiu prisioneiro dos osagas?

O interpelado limitou-se a sorrir, apontando as orelhas.

— Teve algum combate entre você e eles? — prosseguiu Dick, sem dar-se conta do gesto de Apanachka.

Novamente o índio apontou as orelhas, e então Dick exclamou:

— Parece-me que não quer me responder. Quem sabe se o senhor perguntar, senhor Mão-de-Ferro...

— Será inútil! — respondi.

— Por que?

— Não compreende, Dick? Ele é surdo!

Diante de minhas palavras, Dick soltou uma gostosa gargalhada, e quando recobrou-se, perguntou:

— Ele também tem doze mulheres e duas vezes vinte filhos e filhas, como você?

— Certamente, meu amigo!

— Bom, bom... Será o caso de estar-se sempre alerta, para que esta surdez não me pegue. Sem falar vamos nos aborrecer! O que poderemos fazer?

— O melhor seria que montasse seu cavalo e fosse fazer uma pequena exploração.

Quando Dick afastou-se, Apanachka apontou o prisioneiro:

— Os filhos dos osagas não são guerreiros, temem as armas dos homens mais valentes e só atacam gente indefesa.

— Meu irmão estava indefeso? — perguntei

— Sim. Levava uma faca, pois estava proibido de usar outras armas!

— Ah! Meu irmão havia saído em busca do sagrado *yatkuan* (terra vermelha para fabricar cachimbos)?

— Sim. Apanachka seguiu o conselho dos anciãos, caminhando até o norte, procurando as pedreiras sagradas. Meu irmão Mão-de-Ferro sabe que, enquanto houver homens vermelhos, nenhum guerreiro enviado por sua tribo ao *yatkuan* pode levar outra arma além de sua faca. Não precisa de flechas, nem arcos, nem rifles, já que não deve comer nada além de vegetais, e não tem que defender-se de nenhum inimigo, porque é proibido atacar-se um homem que está se dirigindo para as pedreiras sagradas. Apanachka sabe que esta lei sempre foi respeitada, mas esses malditos osagas jogaram sobre si a vergonha de atacar-me e fazer-me prisioneiro, apesar de saberem que eu estava a caminho para ir buscar o grande amuleto.

— Mostrou-lhes o *Wampum*?

— Sim.

— Não o estou vendo. Já não o tem mais?

— Não! Eles me tiraram e o jogaram no fogo!

— Incrível! Na verdade, nenhuma outra tribo fez algo semelhante! Atiraram ao fogo sua honra, que foi consumida pelo fogo! Ainda que fosse seu maior rival, deveriam tratá-lo como hóspede.

— E na verdade, eles quiseram me matar.

— Defendeu-se quando o aprisionaram?

— Como podia fazê-lo, sem armas?

— Tem razão.

— Se tivesse condições, o sangue de muitos deles teria corrido; mas confiava em meu *Wampum* e na tradição, e por isso não opus resistência alguma à captura.

Capítulo III

Deixamos o assunto de lado assim que Dick Hammerdull regressou, dizendo-nos que Winnetou e o restante do pessoal já estavam visíveis. Eu queria surpreender meu bom amigo apache, com a presença do chefe comanche naiini Apanachka, por isso pedi que ele permanecesse junto ao prisioneiro, e marchando depois com Dick para o outro lado de Kih-pe-ta-kih ao encontro de nossos amigos.

Esperávamos chegar cinco pessoas: Winnetou, Treskow, o velho Pitt Holbers, e os dois prisioneiros, Old Wabble e Schahko Matto. Mas vimos com assombro que vinha com eles outro índio, bem amarrado em seu próprio cavalo. Era um guerreiro osaga, como demonstrava as cores e as listras de guerra que cobriam seu rosto. Quando estavam mais perto, saímos do matagal de forma que pudessem nos reconhecer, e então Winnetou, assombrado por ver-me ali, pois como haviam previsto que eu e Dick chegaríamos mais tarde, perguntou-me:

— Meu irmão chegou aqui antes por ter acontecido alguma coisa?

— Não, Winnetou. Por tudo ter corrido melhor do que esperávamos, isso sim!

— Então, leve-me até onde acamparam! Temos notícias importantes!

— Os cavalos estão do outro lado, mas nós acamparemos aqui.

Winnetou olhou-me desconfiado, mas respeitou minha ordem, certo de que eu estava agindo o melhor possível. Iniciamos a descida até onde estava Dick e Apanachka.

Quando chegamos ao vale, desamarramos os dois índios prisioneiros e os estendemos no chão.

— Diga-me agora, meu irmão, o que tem para me comunicar.

— Gostaria de saber antes o que aconteceu com vocês.

Old Wabble inesperadamente manifestou-se, tendo permanecido até então no mais absoluto silêncio.

— Pois ocorreu algo extremamente desagradável para você! Já não nos têm tão seguros em suas mãos assim!

— Ah! — exclamei, não dando demasiada importância às suas palavras. — Porém, dominamos a situação.

— Não acredite nisso.

— Não? Pois neste momento estou vendo mais um prisioneiro.

— E acha que isto é uma vantagem? Seu amiguinho apache já irá lhe dizer como anda este assunto.

Winnetou apontou Old Wabble:

— Este tem veneno na língua!

— Ora! — voltei a exclamar, para exasperar o velho. — Ele é inofensivo!

— Mão-de-Ferro pensa assim? Não me faça rir. Saiba que em sua ausência aconteceram muitas coisas desagradáveis. Os guerreiros osagas cansaram-se de esperar por seu chefe, e enviaram este homem para que averiguasse o porquê de sua demora. Ele seguiu nossa pista desde o bosque, onde nos capturaram e descobriu nosso acampamento. E o que me diz disto, hein?

— Digo-lhe que ele agora é também prisioneiro.

— Certo, mas não sabe de outra coisa: ele não estava sozinho, estava acompanhado de outro osaga que conseguiu escapar e que deu, portanto, o aviso a sua tribo, e agora eles estão nos seguindo. Aconselho-os que nos deixem em liberdade se querem escapar com vida desta!

— Bem, isso era tudo o que tinha a me dizer?

— Por agora, sim. E se vocês não forem uns imbecis, seguirão meu conselho.

— Não me ameace, amigo. Ainda não está em liberdade.

— Certo, mas se Mão-de-Ferro possui a centésima parte da astúcia que lhe é atribuída, fará o que eu digo.

— Também podemos fazer outra coisa, Old Wabble. Varrê-lo do mundo dos vivos e escapar desses guerreiros osagas que nos perseguem!

— Ah! Isso você não faria nunca. Acha-se bom demais para matar alguém a sangue-frio.

Sussurrei algumas palavras no ouvido de Dick e dentro em pouco, ele trazia o osaga que havíamos capturado. Ao vê-lo, Schahko Matto soltou uma série de exclamações incompreensíveis.

— Malditos! — gritou por sua vez Old Wabble. — Este era o índio que...

— Aí está, Old Wabble — disse ao velho renegado.

— Esse é o índio que conseguiu escapar e iria trazer centenas de guerreiros para libertarem vocês. Ainda acredita nisto?

— Que o diabo te carregue! — gritou irritado.

Mas Schahko Matto não quis dar-se por vencido e disse a Old Wabble:

— Ainda nos resta outro trunfo! O comanche naiini!

— Não esqueci! — replicou Old Wabble. — E será bom que Mão-de-Ferro fique sabendo desta carta que temos na manga!

— Que carta? — perguntei.

— Lembra-se do lugar onde...

— Onde você me roubou? — eu o interrompi.

— Exatamente! — disse o sonso. — Pois ali havia um cacique comanche naiini. Como se chamava?

— Apanachka.

— Um grande amigo seu, não é verdade?

— Sim, eu o aprecio muito.

— Pois já que você apregoa tanto seu bom coração, espero que seu apreço por ele não tenha diminuído.

— Pelo contrário! Sou sempre muito fiel aos meus amigos.

Meu interlocutor estava falando com um tom de deboche, e muito seguro de si. Eu deixei que prosseguisse, porque sabia que na verdade era eu quem tinha um trunfo!

— O que gostaria de saber — acrescentou Old Wabble — é o que estaria disposto a fazer por esse Apanachka.

— Tudo!

— Tudo?

— Exatamente. Com isso quero dizer que jamais o abandonaria em nenhum risco.

— Pois posso assegurar-lhe que agora seu amigo comanche está em uma situação bem arriscada.

— Como? É verdade isso? — perguntei, fingindo acreditar.

— É verdade!

— E o que está acontecendo?

— Ele é prisioneiro dos osagas!

Old Wabble estava dando como certo que no final nos teria em suas mãos. Seus olhos maliciosos sorriam divertidos, quando propôs, sempre cinicamente:

— Se não acredita, pergunte a esse índio que fez prisioneiro ontem, Winnetou. Foi ele quem nos trouxe a grande notícia.

— Esse prisioneiro mentiu. E não se deixe arrastar por seus sonhos de liberdade, amigo. Olhe ali, atrás daquele matagal.

Como se tivesse sido picado por uma serpente venenosa, Old Wabble girou a cabeça na direção onde Apanachka ocultava-se.

Se tivesse caído um raio diante de Old Wabble e de Schahko Matto, não teriam se assustado tanto. Ambos ficaram mudos de tanta surpresa.

— O que dizem disso, amigos?

Não me responderam. Só pudemos escutar a voz de Pitt Holbers exclamar:

— Que grande dia! Que alegria! Aqui não há resgate possível! Old Wabble perdeu novamente!

E o velho bandido cerrou os dentes com força, blasfemando com tal violência que teria feito corar o próprio diabo.

Capítulo IV

Quando conseguiu reagir, Old Wabble encarou-me:

— Cão maldito! Você é mesmo o diabo! Seus aliados são o inferno e todos os seus demônios! Deve ter vendido seu corpo e sua alma! Tenho vontade de cuspir em você!

Aproximei-me de onde ele estava e o agarrei pelo colarinho, levantando-o. Ele ficou ali, plantado na minha frente, e então disse, desafiadoramente:

— Seus olhos doem ao olhar para um despojo como eu, não é verdade, filhinho? Por isso quer livrar-se de mim. Mas você não é melhor do que eu, quem sabe a vida deu-lhe melhor sorte, e menos obstáculos do que eu tive que enfrentar. Lembre-se de uma coisa: na pradaria já não há espaço para nós dois e se me soltar, da próxima vez que eu o encontrar, minha saudação será uma bala dirigida ao seu coração.

Enquanto ele falava, eu ia cortando as amarras que o prendiam. Uma vez livre, ele olhou-nos com um sorriso cínico, e disse:

— Adeus, senhores! Até a próxima!

Mas antes de partir, aproximou-se de Dick e pediu sua escopeta e a faca, que estavam na sela de seu cavalo.

— Vá embora logo, maldito seja! Não terá suas armas de volta! — respondeu Dick.

— Quero minha faca! — exigiu Old Wabble.

— Estas armas já não são mais suas.

— Ah, não? Estou em companhia de ladrões?

Dick enfureceu-se, cerrando os punhos:

— Cuidado com o que diz, ou eu arrebentarei sua cara!

Aquilo teria terminado mal, se não fosse a intervenção oportuna de Winnetou.

— Ao devolver-lhe a liberdade, Mão-de-Ferro quis demonstrar-lhe o nojo que sua presença nos faz sentir. Não o submeteremos à nossa vingança, mas sim à justiça do Grande Manitu. Teria recuperado sua montaria e mesmo suas armas, se não nos tivesse ameaçado com suas balas. Vá embora agora mesmo e se tornar a deixar que vejamos sua sombra, vou lhe pendurar no galho mais alto que encontrar!

A atitude e a expressão do apache eram tão assustadoras, que Old Wabble pareceu esquecer por um momento seu habitual cinismo e, dando meia-volta, começou a correr ladeira abaixo, desaparecendo. Nós ainda o vimos atravessando o vale com um passo vacilante, e não pude deixar de sentir uma sensação desagradável. Recordei que, tempos atrás eu havia considerado Old Wabble um bom caubói e também um bom homem, mas atualmente meu conceito acerca de sua pessoa havia mudado completamente.

Eu sabia que nem todos do grupo haviam concordado com o que tinha feito, sobretudo o policial Treskow, cujo sentido jurídico havia sido lesado pela minha ação.

— Não tome isto como uma reprimenda, senhor Mão-de-Ferro, mas não estou de acordo com você. Este homem merece a morte mil vezes. É um assassino, que sempre aproveitou-se da inferioridade da raça vermelha. Pode ser que o senhor diga que isso não importa, mas a justiça é igual para todos os homens e todas as raças. Além disso, ele ameaçou-nos de morte. Resumindo... Não consigo compreender isto!

— Não quis ser juiz nem verdugo, senhor Treskow. Há algo em mim que me impede de adiantar-me à justiça de Deus, e se o senhor não pode compreender esta conduta, ao menos não negará que em parte ela é justa.

— Possivelmente o senhor tem razão, mas é meu dever chamar-lhe a atenção sobre as possíveis conseqüências que este ato pode acarretar. Além disso, se libertou Old Wabble, o que me diz agora do cacique dos osagas, que é seu cúmplice? Vamos soltá-lo também?

— Por mim, seria o melhor!

— Então... Que o diabo carregue as leis da pradaria! O senhor os está perdoando seguindo estas leis!

— Não, senhor Treskow, estou me limitando a ser justo. Os osagas foram enganados e o senhor sabe disso. Por isso eles iniciaram a guerra.

— E trouxeram pilhagem e matança!

— Para um índio, quando se desenterra o machado de guerra, tudo é permitido.

— Bem, não quero discutir mais. Agora diga-me de uma vez por todas: o que faremos com o chefe dos osagas?

— Não devo ser o único a decidir isto.

— De acordo! — interveio Dick. — O que você acha, Pitt? Pitt Holbers pareceu vacilar durante uns momentos.

— Se pensa que ele merece um bom sopapo, tem razão, Dick. Nós o damos e pronto!

— Penso que ele merece a forca!

— Vamos decidir então o que fazer com ele! — disse Treskow, mais calmo.

O rosto de Schahko Matto demonstrava que ele estava se esforçando por nos entender, já que tinha percebido que estávamos decidindo sua sorte. E então ele interveio:

— Pode um homem vermelho, o cacique dos osagas, dar também sua opinião? Irão escutá-lo?

Olhei para Winnetou e todos os presentes e então disse:

— Fale!

Capítulo V

Com voz pausada, Schahko Matto começou:

— Escutei palavras que não posso compreender de todo, porque são desconhecidas para mim, porém, entendi claramente que Mão-de-Ferro está a meu favor, e o outro cara-pálida está contra mim. Winnetou, o chefe dos apaches, guardou silêncio, mas sei que dá razão a seu amigo e irmão.

Diante disto, eu respondi:

— O cacique dos osagas não se engana a respeito de nossa opinião, mas quero dizer-lhe que não somos inimigos dos osagas. Nós desejamos viver em paz com todos os homens, sejam vermelhos ou brancos, mas se alguém cruza nosso caminho e atenta contra nossa vida, nós não vamos nos defender? E se assim o fazemos, e conseguimos vencer, tem esse homem o direito de sustentar depois que somos inimigos seus?

— Sei que Mão-de-Ferro refere-se a mim. Mas, pode dizer, baseado nos fatos, que meus homens o atacaram? Schahko Matto queria perguntar para que os caras-pálidas têm juízes e tribunais!

— Para exercer o direito e administrar a justiça — replicou Treskow.

— E é justo matar um homem, só por que ele pensava em fazer isso com outro? Mão-de-Ferro e Winnetou sentaram-se mil vezes em torno de mil fogueiras, para escutar as queixas que os homens vermelhos têm dos homens brancos. Sou o chefe dos osagas e posso falar do quanto meu povo já sofreu com estas leis. Há pouco, cometeram contra nós um ato baixo e indigno, e quando exigimos justiça, nos trataram com desprezo. O que faz o homem branco quando um juiz lhe nega apoio? Dirige-se a um tribunal superior, e se este também não lhe faz caso, ele se transforma em seu próprio juiz e faz justiça com as próprias mãos. E por isso passa a ser perseguido! Foi isto que aconteceu com os osagas! O branco é um homem superior, que engana e rouba incessantemente o homem de pele vermelha. Isso não os priva de falar de fé, amor e bondade. O que Mão-de-Ferro diz disso tudo?

Eu não soube o que responder, e foi Winnetou quem o fez por mim:

— Winnetou é o cacique supremo das tribos dos apaches. E a ninguém importa tanto o bem-estar de seu povo, Schahko Matto, como a mim. Mas... Deve alimentar o peixe da carne de outros peixes? É preciso que cada animal da selva, por conviver com o gambá, exale o mesmo odor? Por que o chefe dos osagas não estabelece diferenças? Reclama justiça e procede por sua vez injustamente, combatendo pessoas que não têm a menor culpa das desditas de seu povo! O que posso dizer é que Mão-de-Ferro e eu agimos alguma vez contra sua gente, para que sofram privações e morram de fome?

A conversa alongou-se consideravelmente, até que eu a interrompi:

— Schahko Matto nos acompanhará durante um curto trecho, e logo será posto em liberdade. Seus dois guerreiros podem voltar ao *Wara-tu*, para contar aos osagas o que aconteceu. Ali dirão que se as granjas forem assaltadas, ou se cometerem alguma malfeitoria, seu cacique morrerá em nossas mãos.

Depois destas minhas palavras, Dick e Pitt desamarraram os osagas. Quando estes viram-se livres, dirigiram-se a seus cavalos, mas eu os adverti:

— Parem! Não irão a *Wara-tu* em suas montarias, mas sim a pé. Seus cavalos e armas ficarão conosco. Da conduta de vocês e de Schahko Matto depende a salvação do cacique. Podem ir e digam ao seus que foi Mão-de-Ferro quem libertou Apanachka, o cacique dos comanches naiini.

Antes de partirem, seu chefe recomendou:

— Façam o que disse Mão-de-Ferro! Se os guerreiros osagas tiverem dúvida sobre que conduta seguir, perguntem a Honskeah Homphe (Mão Comprida). Ele agora é quem deve comandar!

Os índios então partiram, afastando-se na mesma direção que há pouco tinha tomado Old Wabble.

Uma História Estranha

Capítulo Primeiro

Como Apanachka só dispunha de uma faca, demos-lhe a escopeta de Schahko Matto, a qual não parecia estar em más condições. O cacique havia decidido adiar sua ida às pedreiras sagradas, acompanhando-nos até o Colorado.

A jornada devia levar-nos até o rio Republicano, porque aí ele desviava-se para o Nebraska, e nós devíamos rumar para o oeste, até chegar ao rio Salmão. Estávamos entre dois perigos, um adiante e outro atrás. Por um lado estava a quadrilha de bandidos do "general", de quem esperávamos encontrar alguma pista, e de outro lado os osagas, cuja chegada era mais provável se tentassem nos atacar para libertar seu chefe.

Ao meio-dia do dia seguinte tivemos um encontro, que fez com que nos dirigíssemos ao sul, contrariando nossa intenção de primeiro nos encontrarmos com Mão-Certeira. Encontramos três cavaleiros, que nos informaram que um bando de desordeiros rondava a comarca que deveríamos atravessar. Aqueles homens tinham sido atacados por eles e tinham perdido tudo.

Quem já ouviu falar nestes desordeiros e teve a infelicidade de se encontrar com eles, compreenderá o porquê de nossa mudança de direção. Fomos então para o sul, e já era quase noite quando chegamos à margem direita do rio Salmão, onde acampamos para passar a noite. Foi ali que Apanachka rompeu o silêncio e contou o que havia acontecido em Estacado, depois de nossa separação. Ele havia cavalgado com Mão-Certeira até o forte Tirel, mas ali não haviam encontrado Dan Etters, a quem estavam procurando. Não conseguiram encontrar nem sequer quem já o tivesse visto ou mesmo soubesse seu nome. Quando o cacique dos naiini terminou, eu disse:

— Aconteceu o que eu temia. Nunca confiei naquele falso "general". Desde o princípio achei que tentou enganar Mão-Certeira com este tal de Dan Etters. Ao proceder assim, estava já tramando algo, que infelizmente não consegui adivinhar o que era. Suspeitei que conhecia a relação de Mão-Certeira com Dan Etters com mais detalhes do que deixava transparecer. Recordo que tentei alertar nosso amigo, mas ele não quis acreditar em mim. Ele falou disso com Apanachka?

— Não.

— Nem disse porque está buscando com tanto interesse este tal de Dan Etters?

— Nunca.

— E depois que vocês se separaram no rio Pecos, você voltou para sua tribo?

— Sim. Cavalguei até Kaam-ku-lano.

— Onde sua mãe o recebeu alegremente.

— Reconheceu-me ao chegar, e acolheu-me com carinho, mas ela está doente, e em seguida voltou a perder a razão.

Apanachka demonstrou em seu rosto toda a tristeza pela sua mãe. Depois de um tempo é que voltei às minhas perguntas:

— Recorda ainda as palavras que eu escutei de sua boca?

— Eu as conheço, e as pronuncio constantemente.

— E acredita até hoje, que estas palavras pertençam à medicina índia?

— Sim.

— Pois eu nunca acreditei, e nem agora eu acredito. Em seu cérebro vivem imagens de pessoas e acontecimentos que não podem ser esclarecidos. Nunca se surpreendeu pelo fato de que essas imagens desenhem-se com tamanha precisão?

— Nunca. Nunca fiquei muito tempo em sua companhia, pois tive que separar-me deles pouco depois de minha chegada.

— Por que? Sua mãe necessita de muitos cuidados.

— Os guerreiros naiini, especialmente Vupa Umugi, seu cacique, não me perdoam pelo fato de Mão-de-Ferro ter me julgado digno de fumar com ele o cachimbo da amizade. Faziam minha vida difícil no Vale das Lebres, e em vista disso, eu parti.

— Para onde?

— Para a tribo dos keanaes.

— E lá eles o receberam bem?

— Eu sou o cacique mais jovem dos naiini, mas nenhum guerreiro pôde me vencer. Por isso nem uma só voz levantou-se contra mim, quando os keanaes deliberaram sobre minha admissão. Agora sou o cacique supremo dessa tribo.

— Eu o parabenizo, Apanachka. E não conseguiu tirar sua mãe dos naiini e levá-la consigo?

— Eu o quis fazê-lo, mas o homem de quem ela é esposa não o permitiu.

— O curandeiro? Vejo que não o chama de pai.

— Ele me odeia tanto quanto eu o odeio. Ele me separou de minha mãe.

— Tem certeza que ela é sua mãe?

Apanachka lançou-me um olhar de surpresa.

— Por que está me perguntando isso? Sei que meu irmão Mão-de-Ferro não fala uma palavra sem que haja um motivo para isso. Então, deve ter algum motivo para perguntar-me isso.

— E tenho, mas não é fruto de reflexão, e sim de algo que observei. Mas, responda-me.

— Se Mão-de-Ferro pergunta, eu responderei, mesmo não compreendendo suas perguntas. Ela é minha mãe, e como tal eu a quero.

— E ela é, realmente, a esposa do curandeiro?

— Também não entendo esta pergunta, mas ela assim se considera.

— E no entanto, você o odeia.

— Eu já lhe disse isso.

— E apesar disto, está convencido que ele é seu pai? E ele, alguma vez o chamou de filho?

Apanachka baixou a cabeça e assim permaneceu em silêncio durante um tempo, para depois responder:

— Não, nunca.

— E sua mãe?

— Também não.

— É estranho, Apanachka. Agora gostaria de saber se ele a chama de *Ivo Uschingwa* (minha esposa) e ela o chama de *Iwuete* (meu marido).

Novamente o comanche ficou pensativo.

— Acho que quando eram jovens, tratavam-se assim; mas eu nunca escutei estas palavras da boca deles.

— Desde aquela época só usaram os nomes *Tibo taka* e *Tibo wete*?

— Sim.

Naquele momento Winnetou e o cacique dos Osagas aproximaram-se. Ambos chegaram a tempo de escutar minhas últimas palavras.

— *Tibo taka* e *Tibo wete*? Eu conheço estas palavras! — disse Winnetou.

Ao que o cacique dos osagas acrescentou:

— Conheço bem *Tibo taka* e *Tibo wete*! Estiveram no acampamento dos osagas e nos roubaram muitas peles e nossos melhores cavalos.

Apanachka surpreendeu-se mais do que eu.

— De onde conhece essas palavras o cacique dos apaches? Esteve sem que eu soubesse no acampamento dos naiini?

— Não, mas Inchu-Chuma, meu pai, encontrou um homem e uma mulher que respondiam por estes nomes. Ele era um cara-pálida, e ela uma índia.

— E onde foi este encontro?

— Nas margens do Estacado. A mulher e suas montarias estavam a ponto de morrer de inanição; ela levava envolto em um xale uma criança pequena. Meu pai, o grande cacique dos apaches os conduziu ao primeiro lugar onde pudessem comer e beber. Então, quis levá-los para a colônia mais próxima de caras-pálidas, mas eles disseram que preferiam saber onde poderiam encontrar os comanches. Meu pai os acompanhou durante dois dias, até descobrir pegadas comanches.

— Quanto tempo faz isto?

— Muito tempo. Eu não era mais que uma criança.

— E o que mais meu irmão Winnetou sabe sobre essas duas pessoas e seu filho.

— A mulher perdeu a razão. Suas palavras eram incoerentes.

— Nada mais sabe deles, Winnetou?

— Nada mais.

Por uns instantes fez-se silencio, interrompido por Schahko Matto:

— Eu posso dizer mais, no entanto! Sei mais sobre esses dois bandidos do que disse Winnetou, o cacique dos apaches.

Capítulo II

Apanachka quis interrogá-lo, mas aconselhei-o que fosse prudente, não estabelecendo um diálogo com nosso prisioneiro. Não havia dúvida de que aquele menino havia sido ele, e como o homem e a mulher que passavam por seus pais haviam sido salvos pelo apache, quis evitar uma injúria grave e direta, que era de se prever, dizendo eu em seu lugar:

— Schahko Matto, o cacique dos osagas, irá então nos contar o que sabe sobre estas duas pessoas.

— Não é nada bom... Porventura conheceram um homem chamado Raller e que era, entre os caras-pálidas, o que se chama Faca Longa, um oficial?

— Não conheço nenhum oficial com este nome — respondi.

— Eu já supunha isso. Naquela ocasião nos deu um nome falso e veio até nós só com o propósito de nos enganar. Nós o procuramos por toda a parte, inclusive nos fortes e também nas grandes cidades dos brancos, a fim de descobrir seu paradeiro, mas em lugar algum ninguém conhecia um oficial chamado Raller.

— Provavelmente existe uma confusão; ou era oficial e não se chamava Raller ou se chamava assim e não era oficial. O que ele fazia entre os guerreiros osagas?

— Chegou até nós, completamente só. Usava uniforme de oficial e dizia-se mensageiro do Presidente dos Estados Unidos. Haviam escolhido um novo presidente e ele estava nos enviando aquele emissário para nos saudar, dizendo que ele queria que os homens brancos e vermelhos vivessem em paz. Isto agradou aos guerreiros osagas, que acolheram o mensageiro como amigo e irmão. E aquele homem combinou com os osagas o seguinte: deviam dar-lhe peles em troca de boas armas, pólvora, chumbo, facas e tecidos. Deu-nos um prazo para pensarmos no acordo e partiu. Mas antes de terminar o prazo, ele regressou, desta vez com um homem branco, sua jovem esposa e um menino pequeno. O branco tinha o braço enfaixado, porque tinha sido ferido por um tiro. A mulher jovem era sua esposa, e o menino seu

65

filho. Mas o lindo corpo da mulher estava vazio, porque o espírito o havia abandonado. Ela falava de *Tibo taka* e *Tibo wete* e colocava coroas de galho em sua cabeça. Também falava de vez em quando em *wawa* Derrick. Nós não sabíamos o que isto queria dizer, e o branco, marido da mulher, também não entendia. E então Raller tornou a partir.

Ao chegar a este ponto, Schahko Matto fez uma pausa, que eu aproveitei:

— E como eles se comportavam? Desejo muito saber isto!

— Eram amigos, enquanto nós os observávamos, mas quando achavam que ninguém os estava vendo, brigavam sempre.

— Por algum acaso o marido da mulher tinha em seu corpo algum sinal particular?

— Não, mas o oficial que dizia chamar-se Raller, sim! Faltavam-lhe dois dentes.

— Onde?

— Na parte de cima da boca.

— Etters! — exclamei.

— Era Etters! — concordou instantaneamente Winnetou.

— Etters? Nunca escutei este nome. Este sujeito chamava-se assim?

— Certamente que não. É um criminoso que usa inúmeros nomes falsos. E como se chamava o outro branco ferido?

— Diante de nós, Loteh, mas quando estavam sós, o homem o chamava de E-ka-mo-teh.

— Isto não está errado? O chefe dos osagas tem certeza destes nomes? Não os confundiu em sua memória, com o passar do tempo?

— Não — exclamou ele. — Schahko Matto não esquece o nome das pessoas que odeia, conserva-os bem em sua cabeça!

— Isto só pode ser um erro — insisti. — Mas acho que já sei o que significa a palavra *Tibo*. Agora só depende de que o cacique dos osagas tenha retido com fidelidade os nomes que pronunciou há pouco. O primeiro era Loteh mas, se me lembro bem, Schahko Matto pronuncia o primeiro som dessa palavra entre "l" e "r", o que quer dizer que certamente o homem chamava-se Lothaire, que é um nome próprio francês.

— Sim, sim! — interrompeu-me o osaga. — Era exatamente assim que Raller pronunciava o nome.

— Está bem. Então, o segundo nome, E-ka-mo-teh, deve ser uma palavra francesa também, *escamoteurs*, que significa mágico, aquele que possui habilidade especial para fazer desaparecer objetos de um modo incompreensível.

Muito assombrado, Schahko Matto disse:

— Vejo que Mão-de-Ferro está indo na direção certa.

— Sim? O branco ferido entreteve os osagas com jogos desta espécie?

— Sim! Fazia aparecer e desaparecer toda espécie de coisas, motivo pelo qual muitos o tomavam por um encantador. Todos o olhavam com assombro, às vezes até com espanto.

— Agora vou recordar ao cacique dos apaches um nome do qual também terá escutado falar. Sei que em sua presença e na minha já havia sido feita a menção de um *escamoteur* que foi muito célebre durante algum tempo e depois desapareceu. Seus truques eram incomparáveis e a este homem chamavam de senhor Lothaire, o "Rei dos Magos".

— Certo — exclamou Winnetou. — Deste homem já ouvimos falar muitas vezes. Desapareceu porque falsificou dinheiro e quando foram detê-lo, matou dois policiais, ferindo outro.

— Não foi só isso — interveio Treskow. — Não cheguei a conhecê-lo pessoalmente, mas sei o que aconteceu, com exatidão. Esse Lothaire escapou várias vezes da justiça e de maneira tão incrível, cometendo além disso outros crimes, que ele deveria servir-nos de advertência. Se não me engano era colono da Martinica francesa, e a última vez que foi visto, estava no forte Arkansas.

— Tudo coincide — afirmei. — Lothaire era seu nome verdadeiro, mas ocorre com freqüência que esta gente tenha apelidos diferentes para cada ocasião. Digame, senhor Treskow, consegue recordar o nome dele por completo.

— Bom... Chamava-se, chamava-se... Demônios! Como se chamava! O sobrenome também era francês... Ah! Agora me recordo. Chamava-se Lothaire Thibaut. Já temos aí o significado do "Tibo" que tanto queria saber!

— Sim, já sabemos agora. *Taka* é o marido e *wete* a mulher. *Thibaut taka* e *Thibaut wete* são o senhor e a senhora *Thibaut*. Quando a esposa do curandeiro pronunciava seu nome completo, dizia *Tibo wete-elen*. Mas, o que significará este elen?

— Estará aludindo ao nome Elena?

— Certamente. Se a esposa do curandeiro não se confunde com outra em seu desvario, se ela for realmente Thibaut Wete Ellen, então é uma índia batizada da tribo dos moqui.

— Por que dos moqui?

— Porque ela falava de seu *wawa*, quer dizer, seu irmão Derrick. *Taka*, *wete* e *wawa* são palavras do idioma moqui. *Thibaut taka* era um famoso mágico e ocultou-se entre os índios, porque não podia já apresentar-se entre os brancos. Para o hábil mágico, seria fácil passar-se por médico entre os peles-vermelhas e ganhar com isso boa reputação.

— Mas, e sua cor acobreada?

— Um novo disfarce. Agora estou quase convencido de que *Tibo taka* e *Tibo wete* não são marido e mulher.

E mesmo que fossem, me inclinaria a dizer que Apanachka não é filho de ambos, pelo menos não do mágico, que nunca o tratou como filho!

Apanachka havia prestado muita atenção na conversa, pois cada palavra era de extremo interesse para ele. Em seu semblante sucediam-se as mais contrárias expressões. O fato de que o curandeiro não fosse seu pai, e sim um criminoso, não o impressionou. O que o impressionou realmente foi o que eu havia dito sobre sua mãe. Vi que esforçava-me por contradizer-me neste ponto, mas fiz-lhe um sinal amistoso para que permanecesse calado e dirigi-me para Schahko Matto.

— Interrompemos o cacique dos osagas, e agora pedimos que ele continue. O homem branco que dizia ser um oficial e chamar-se Raller, não cumpriu o trato com a tribo dos osagas, não é verdade?

Schahko Matto olhou-me longamente, e só então continuou:

— Tirando Mão-de-Ferro e alguns poucos mais, nenhum branco cumpriu acordo algum com os peles-vermelhas. Visitaram as cavernas de caça em que tinham suas peles guardadas e as levaram para o acampamento. E não tornaríamos mais a vê-las!

— Onde estavam então?

— Nas margens do rio que os brancos chamam de Arkansas.

— Ah, pois foi juntamente próximo ao Arkansas a última vez que vi Thibaut. Os dados coincidem notavelmente. Haviam muitas peles?

— Muitas. Encheu uma canoa!

— Raller tinha uma canoa?

— Sim, e bem grande. Nós a construímos com couros e toras de madeira. Somente pele de castor de rabo grosso, havia mais de cem fardos, valendo dez dólares cada um, sem contar outras peles que, em conjunto, valiam mais.

— Tantas? É impossível que tenha podido transportá-las para muito longe, e deve tê-las vendido rapidamente. Não disse para onde iria levá-las?

— Para o forte Mann.

— Isso fica nas margens do Arkansas, onde cruza o amplo e freqüentadíssimo caminho dos Cimarrones. Ali havia muito tráfico e encontram-se sempre comerciantes de peles com muito dinheiro. Ele partiu com todas as peles e sem nem uma escolta?

— Disse-nos que era um mensageiro do presidente e não queríamos ofendê-lo, vigiando-o. Mas estava acompanhado por seis homens.

— Cabiam tantos homens assim nesta embarcação, ainda carregada de peles?

— Só levou dois homens na canoa, para que o ajudassem a remar. Para poder ir acompanhando a veloz embarcação, foi preciso escolher as melhores montarias.

— Aposto que ele também quis os cavalos!

— Mão-de-Ferro acertou novamente — admitiu o cacique dos osagas. — Nesta época o rio estava cheio, e sua correnteza era rápida, por isso a canoa chegou ao forte com um dia de antecedência. Nós chegamos de noite. Raller nos deu de comer e nos deu todo o aguardente que quisemos beber. Nós dormimos e só acordamos no entardecer do outro dia. Raller já havia partido, e o outro branco havia desaparecido com sua mulher e filho. Nossos cavalos também não estavam fora do forte, nem os guerreiros osagas que havíamos deixado os guardando. Assim que ele nos viu embriagados, mandou abrir as portas para que ele saísse e também o outro cara-pálida com a mulher e o filho. Como já era de noite, não pudemos seguir sua pista e tivemos que esperar até a manhã seguinte. Os soldados riram de nós. Nós lutamos e nos encarceraram por três dias... Já não havia mais nenhuma pista. Só encontramos os cadáveres dos guerreiros osagas que havíamos deixado junto aos cavalos.

Capítulo III

Pela expressão de Schahko Matto, podíamos adivinhar que ele estava contando a verdade. Além disso, já havia passado muito tempo, e não havia necessidade dele mentir.

Depois de um curto silêncio, ocorreu-me perguntar:

— Não deu parte do assassinato no forte?

— Nós o fizemos, mas não conseguimos nada. Tudo estava perdido, a caça de um ano, dois de nossos homens e os cavalos. Ali só nos disseram que nada sabiam daquele assunto. Essa é a justiça dos caras-pálidas!

Seguiu-se outra pausa ainda maior, pois nenhum de nós ali dispunha de argumentos contundentes para contradizer a acusação do osaga.

Sem dúvida alguma, esta conversa afetava muito mais a Apanachka do que a nós. Ele estava intranqüilo, e em várias ocasiões teve intenção de fazer algumas perguntas, mas pedi-lhe que se mantivesse em silêncio, pois diante de Schahko Matto não considerava prudente entrar em mais detalhes naquele assunto, para mim já era motivo suficiente para estar satisfeito que o osaga não tivesse conseguido estabelecer a identidade entre Tibo taka e o curandeiro dos comanches.

Quando Schahko Matto disse que Raller havia-se feito passar por oficial do exército, me veio à mente o nome de Douglas, personagem com o qual já havia tratado em outras ocasiões e ao qual todos chamavam de "general". O motivo que me obrigava a pensar assim eram algumas coincidências entre ambos, tais como o fato de os dois terem se apossado sem direito algum, de uma hierarquia militar. Era evidente que tudo isso não era o bastante para poder admitir que ambos fossem a mesma pessoa, no entanto esta idéia, da maneira que ia infiltrando-se pouco a pouco em minha imaginação, não formava duas figuras, e sim uma só.

Outra coisa me rondava os pensamentos; eu relacionava Mão-Certeira com todas aquelas pessoas e circunstâncias, já que era ele, certamente, quem podia, mesmo sem saber, esclarecer-nos alguns mistérios. Por essa razão me propus a continuar calando meus receios e não exteriorizá-los, até depois de nosso encontro com ele.

Estávamos indo em sua busca, e era de presumir-se que não demoraríamos a encontrá-lo.

EM UMA GRANJA DO CAMINHO

Capítulo Primeiro

No dia seguinte, quando atravessávamos uma região completamente inóspita entre o braço norte e o braço sul do rio Salmão, descobrimos um cavaleiro que cavalgava na mesma direção que nós.

Desmontamos a fim de que não nos descobrisse, mas já havia nos avistado, e dirigia-se em nossa direção.

Quando chegou mais perto, pudemos comprovar que se tratava de um homem branco. Ele por sua vez vacilou alguns instantes, ao ver que nosso grupo compunha-se da mistura de duas raças, circunstância muito propícia naqueles terrenos solitários, para despertar o receio de qualquer um. Com o rifle pronto para disparar, ele deteve-se a uma distância de pouco mais de trinta metros.

Ao ver sua atitude, de longe, Dick Hammerdull gritou-lhe:

— Não gaste seu chumbo, meu amigo! Ou acha que vamos nos assustar com esta lata velha que empunha? Baixe esta arma e seja tão gentil como nós estamos sendo com você!

— Sinto! — gritou o homem por sua vez. — Não acredito nisso! Brancos e vermelhos não casam bem, e quando se suportam mutuamente, é porque estão tramando algo.

— Não está vendo que um dos índios está preso? — continuou gritando Dick.

— Sim, mas o outro não está!

— Deixe de precauções tontas e diga-nos o que está fazendo por aqui.

— Nota-se que não estou passeando. Levo já várias horas de caminhada.

Para que os dois não continuassem naquela gritaria, decidi adiantar-me ao encontro daquele desconhecido, para tentar dissipar seu temor.

— Mesmo sendo um dos índios prisioneiros, isso não é razão para que você nos tome por pessoas nas quais não possa confiar.

— Os desordeiros que vagueiam por aqui também dizem a mesma coisa. E todo mundo sabe como eles agem.

— Já ouviu falar de Winnetou?

— O chefe dos apaches? É claro que sim!

— Pois abaixe seu rifle e olhe bem para este homem que nos acompanha.

Aquele homem, ao reconhecer Winnetou, pareceu tranqüilizar-se.

— Bem, agora pode dizer-nos seu nome?

— Eu me chamo Bell e estou empregado na granja de Harbour.

— Onde fica esta granja?

— Nas margens do rio, a duas milhas daqui, na direção sul.

— Devem ter construído esta granja há pouco tempo.

— Há uns dois anos.

Treskow, que havia se aproximado também, disse:

— Esse Harbour deve ser um homem valente, para se atrever a estabelecer-se aqui, no meio do nada.

— Ele é, senhor! Nós não nos arredamos por pouca coisa. Até agora temos nos arranjado bem com os índios, mas com os desordeiros é outra coisa. Quando soubemos que havia uma quadrilha rondando em Nordfork, fui até lá averiguar que diabos eles queriam. Agora já sei que não temos motivos para preocupação, já que eles se dirigem para o Nebraska. E vocês, estão indo para onde?

— No momento procuramos um lugar para passarmos a noite.

E no mesmo instante o homem nos propôs:

— Por que não me acompanham até a granja dos Harbour e dormem ali?

— Não conhecemos o dono.

— O senhor Harbour é um perfeito cavalheiro, e sei que tem um grande respeito por Winnetou. Por isso fizlhes tal oferecimento. Com frequência conta histórias sobre ele e também sobre Mão-de-Ferro.

— Sou eu, amigo.

— Nesse caso, será uma satisfação dupla para o dono da granja compartilhar seu jantar com vocês. Ali poderão descansar e seus cavalos serão cuidados.

— Está vendo que levamos um prisioneiro que tem muita importância para nós. Estará seguro na granja?

— Como se estivesse no mais profundo calabouço.

— De acordo, então. Iremos com você até a granja dos Harbour.

Retomamos a marcha, mas desta vez Schahko Matto mostrava-se teimoso em nos acompanhar. Quando perguntei-lhe a razão daquela atitude, ele me explicou:

— O cacique dos osagas deseja dizer algo a Mão-de-Ferro e Winnetou, antes de continuar o caminho.

— Diga logo.

— Sei que não atentaram contra minha vida, e que irão me libertar, tão logo tenhamos nos afastado o suficiente para que seja impossível que eu busque meus guerreiros e os persiga. Conferi o comando de meus guerreiros a Honskeh Nonpeh, porque não queria que os seguissem. Ele opunha-se à luta e ao assalto aos caras-pálidas, e como agora ele manda, nenhuma hostilidade precisam esperar de meus guerreiros. Acreditem-me.

— Estranha sua atitude. Não acreditamos, mas também não desconfiamos de você, mas um inimigo não se converte em amigo tão facilmente.

— Pois escutem o que ainda tenho a dizer, mesmo que me devolvessem a liberdade agora, não iria separar-me de vocês.

Winnetou soltou uma exclamação de incredulidade.

— O cacique dos apaches pode assombrar-se, mas eu mantenho o que disse.

— Por que?

— Por causa de Tibo taka — disse secamente.

— A que se refere o cacique dos osagas?

— Ontem disse que Tibo taka era o curandeiro dos naiini. Naquele momento nada disse porque queria refletir sobre o assunto, mas hoje estou decidido. Irei com vocês porque desejo a amizade de Apanachka, o jovem cacique dos comanches.

— Por que?

— Uma vez amigo meu, irá me ajudar a capturar o curandeiro dos comanches.

O jovem Apanachka, que estava escutando, levantou o braço e disse:

— Isso eu não farei jamais!

Eu decidi intervir, exclamando com a mesma firmeza:

— Assim o fará!

— Nunca! — repetiu ele, enfaticamente. — Antes a morte, Mão-de-Ferro! Eu o odeio, mas ele é meu pai!

— Não é!

— De todo jeito, sua esposa é minha mãe!

— Também não é!

— Mão-de-Ferro pode provar o que está dizendo?

— Por agora, não. Neste momento só posso dizer que tenho minhas suspeitas, baseadas em fatos que você já conhece. Porém eu lhe peço, Apanachka, que tenha confiança em mim. Eu o ajudarei a esclarecer este assunto. Por agora, voltemos à nossa cavalgada.

Capítulo II

Aquele homem colocou-se à frente do grupo para nos guiar. Não havia nem meia-hora que cavalgávamos quando a vegetação começou a mudar, fazendo-se exuberante, indício de que estávamos nos aproximando do rio.

Foram aparecendo arbustos, primeiro soltos, logo em grupos entre os quais se viam bois pastando, assim como não poucas ovelhas, cavalos e vacas. Por fim divisamos a construção que iria servir-nos de abrigo aquela noite.

A granja, como a maioria das daquele Estado, era muito semelhante à de nosso amigo Fenner, e dado que nesta havia me exposto a sérios perigos, a primeira impressão não foi favorável.

Bell, o homem que nos guiava, havia-se adiantado para anunciar nossa chegada, motivo pelo qual encontramos o proprietário já pronto a nos receber. Sua família compunha-se, fora ele e a esposa, de três filhos e duas filhas, todos bastante vigorosos. O regozijo daquela gente parecia sincero e dava a impressão de haver contagiado também os trabalhadores que estavam diante da casa, curiosos por conhecerem o cacique dos apaches.

Aquela granja parecia-se mais com as que eu tinha visto no sul da América, com a diferença de estar ela toda construída em madeira. Estava rodeada por uma vala de largas e elevadas tábuas, que a separavam do resto do território. No outro extremo da casa estava um paiol para estocar a produção e fora da vala haviam alguns currais para bois e ovelhas, e entre eles, um especial para cavalos de sela.

Já no interior da casa, vi que o mobiliário era simples, mas resistente. Passado o primeiro momento desta recepção tão cordial, perguntamos se, além deles e dos trabalhadores, haviam mais pessoas ali, ao que o dono respondeu:

— Faz uma hora vimos um médico com uma enferma, a quem está acompanhando até o forte Wallace.

— De onde vinham?

— De Kansas-city. A mulher padece de um mal incurável e quer voltar para junto dos seus.

— Ela é velha, ou jovem?

— Não sei. Tinha o rosto coberto por um véu.

— Iam com escolta?

— Não.

— Então, ou este médico é um homem muito ousado, ou muito pouco precavido. Tenho pena desta mulher, obrigada a uma viagem tão longa a cavalo.

— Eu disse isso para o médico, mas ele me respondeu, com muita razão, que a espantosa enfermidade daquela pessoa confiada a seus cuidados, causava repulsa em todo mundo. Isso tornava necessário empreender a jornada sem companhia alguma.

— Sabe quando propõem-se a retomar a viagem?

— Amanhã bem cedo, eu acho. Os dois estavam cansados e depois de tomar um pouco de água, pediram um lugar para dormir. Suas montarias estão no curral de trás.

Não perguntei mais nada e passamos alguns minutos em agradável conversa com nossos anfitriões até que, pouco depois, serviram-nos um magnífico jantar, que caiu-nos excelentemente bem, já que estávamos há dois dias cozinhando.

Quando começou a escurecer, os criados acenderam uma grande lamparina que iluminou a espaçosa estância, e sob a luz e os efeitos de um bom jantar, começamos a contar os nossos casos mais interessantes.

Dick foi, como sempre, o que mais nos fez rir, secundado pelas respostas de seu velho companheiro Pitt Holbers. Winnetou escutava com agrado tudo o que se dizia naquela reunião, mas recusou-se a contar suas experiências. Para incitá-lo, Harbour contou-nos que, em outros tempos, havia estado em muitos estados da Confederação, e em cada um deles havia encontrado um motivo para guardar uma recordação.

Enquanto falava, dei-me conta que o que mais me agradava naquele homem era sua firme confiança em Deus, que, segundo ele mesmo dizia, o havia acompanhado a todas as partes, sem abandoná-lo em um só momento de sua vida. E estava falando sobre um pregador índio que havia conhecido, quando Winnetou, saindo de seu mutismo, exclamou admirado:

— Conheceu Ikwehtsipa?

— Bom, os navajos o chamavam Sikkissas. Eu cruzei com este grande homem pela primeira vez, do outro lado das montanhas Mogollon, junto ao rio Porco. Os navajos haviam-me feito prisioneiro e eu estava condenado. Naqueles trágicos momentos ele apareceu, e fez um discurso tão inflamado, que me deixaram livre, e assim ele salvou-me a vida.

— É exatamente o mesmo homem de quem eu falo — insistiu Winnetou. — Era um moqui e os dois nomes significam o mesmo em cada língua. Quer dizer "grande amigo". Os brancos do Novo México e outras pessoas de língua espanhola o chamavam padre Diterico.

— Exato, exato! — confirmou Harbour. — Também o conheceu?

— Eu o vi, e o escutei quando era ainda rapazinho. Sua alma pertencia ao bondoso Manitu, seu coração a todos os homens, e seu braço, a qualquer branco ou vermelho que se encontrasse em perigo e necessitasse de ajuda. Seus olhos irradiavam amor. Ninguém podia resistir ao calor de suas palavras e todos os seus pensamentos encaminhavam-se para espalhar à sua volta o amor pelos semelhantes. Era de nossa raça, mas tornou-se cristão e convenceu suas duas irmãs que abraçassem

a mesma religião. Ambas eram de uma beleza singular e muitos, muitos guerreiros, arriscaram sua vida para alcançar-lhes o amor. A mais velha chamava-se Tehua (Sol), e mais jovem Tokbela (Céu). Um dia partiram com o irmão, sem que ninguém soubesse para onde iam, e ninguém nunca mais os viu.

— Ninguém? — perguntei, vivamente interessado naquele relato.

— Ninguém — repetiu Winnetou. — Ao irem embora, desapareceram as esperanças dos homens vermelhos, e com seu irmão Ikwehtsipa, desapareceu para o cristianismo um pregador como jamais houve por estas terras. Era muito amigo de meu pai, a quem deu muitos bons conselhos, que ele por sua vez me transmitiu.

O granjeiro havia seguido com muita atenção as palavras de Winnetou, a quem disse:

— É uma feliz e milagrosa casualidade que hoje trouxe Winnetou até minha casa, porque encontro-me em condições de dar-lhe notícias de Ikwehtsipa.

— Notícias do padre Diterico? Isso é possível? — perguntou.

— Sim, ainda que as notícias não sejam as que desejaria dar-lhe.

— Está morto?

— Sim.

— E suas irmãs?

— Ignoro o que ocorreu entre seu desaparecimento e a morte de seu irmão, nem sequer posso dizer como o mataram e quem foi o assassino. Mas eu vi sua sepultura.

— Onde? Quando?

Harbour fez uma pausa antes de continuar seu relato.

— Já esteve alguma vez no parque de San Luis?

— Uma vez só não, várias vezes — replicou o apache.

— Conhece a comarca dos Foam-Cascade?

— Sim.

— Conhece o perigosíssimo caminho que conduz dali até a Cabeça do Diabo?

— Não.

— Faz tempo, fiz o propósito de estabelecer-me ali e deixar minhas constantes viagens, buscando sempre o risco, a insegurança e a aventura. Estava casado e já tinha dois filhos, o que me fez decidir desistir de procurar ouro e construir uma granja; além disso havia perdido três companheiros meus, que tive que enterrar eu mesmo, a custa de muito sofrimento e risco. Só e desencorajado, cheguei à Cabeça do Diabo. Nunca havia estado ali, mas sabia que era ela, porque a rocha tinha a forma de uma cabeça de diabo.

Fez nova pausa, antes de continuar dizendo:

— Deitei sobre o musgo úmido e confesso, agora, que tinha vontade de chorar. Havia água, mas não tinha nada para comer, nem podia caçar, porque o meu rifle estava quebrado. Chegou um momento em que fechei os olhos, não desejando abri-los nunca mais. De repente, minha vista cansada fixou-se em outra parte da rocha, onde havia umas letras gravadas a faca. Aproximei-me e vi que não havia só letras, mas também figuras humanas, gravadas em cima e de ambos os lados de uma cruz talhada na rocha.E debaixo daquela cruz pude ler com clareza: "Neste lugar foi assassinado o padre Diterico por J. B., em vingança contra seu irmão E. D."... Ao pé destas palavras via-se um sol, e à direita e esquerda do mesmo, um E e um B.

Harbour nem havia terminado de falar, quando Winnetou exclamou:

— Lia-se o nome do padre Diterico na rocha?

— Sim.

— E o assassino assinava J. B.?

— Sim.

— Meu irmão branco Harbour conhece alguma pessoa cujo nome comece com as iniciais J. B.?

— Haverá, possivelmente, milhares de pessoas, mas não conheço nenhuma.

— E meu irmão acha que estas palavras são verdadeiras?

— Estou convencido disso. Quem iria preocupar-se em entalhar na rocha tamanho embuste?

— Onde está o sepulcro?

— Ao lado da parede da montanha. O túmulo estava coberto de musgo e o mais estranho é que estava em bom estado de conservação.

— Lá em cima, naquele deserto?

— O mais incompreensível aconteceu depois. Vocês não podem imaginar o que senti ao encontrar inesperadamente a tumba daquele homem a quem eu tanto devia. Meu cansaço pareceu duplicar-se e eu desmaiei. Quando recobrei os sentidos havia transcorrido quase um dia. Repito que estava sem forças e apenas podia levantar-me. Como pude, arrastei-me até um manancial próximo e bebi. Logo me embrenhei pela mata, como um animal que se dispõe a morrer. Mas tive a sorte de encontrar uns cogumelos comestíveis, que devorei. Depois dormi. Quando tornei a acordar já estava anoitecendo e descobri, achando que sonhava ou delirava, um pedaço de carne junto a mim. Estava assada. Eu me fiz mil perguntas sobre quem poderia ter deixado aquilo ali, mas minha fadiga e meu esgotamento impediam-me de buscar pelos arredores e desisti de fazê-lo e, com o estômago cheio, voltei a ficar sonolento. Na manhã seguinte tornei a encontrar um pedaço de carne assada, e aquela vez, já mais animado, voltei ao sepulcro para examiná-lo novamente.

Suspirou profundamente ao recordar aquela odisséia de sua vida.

— Para mim, não há dúvida que padre Diterico foi assassinado — disse.

— Não pode haver outro homem com o mesmo nome?

— Sim, mas o senhor Harbour nos contou coisas que por fim me permitem pensar que encontramos *wawa* Derrick, a quem venho buscando.

— O que quer dizer meu irmão Mão-de-Ferro?

— Que *wawa* Derrick é... Ikwehtsipa! Como?

— Você vai ficar assombrado com o que vou dizer: Tokbela, a irmã mais nova do padre, é Tibo wete, a esposa do curandeiro dos comanches naiini.

— Sua imaginação deseja fazer milagres. Ressuscita os mortos!

— Você ouviu que debaixo do epitáfio estava gravado um sol! Foi ela quem erigiu a tumba e colocou o sinal, portanto, ainda vivia, pelo menos quando assassinaram a seu irmão.

— Sabe acaso onde podemos encontrá-la, se tudo for como está dizendo?

— Isso é impossível, Winnetou. O mais certo é que se mantenha oculta.

— Por que meu irmão pensa assim?

— A carne assada que o senhor Harbour encontrou, foi ela quem deixou.

— Pode ter sido o assassino!

— Não, um assassino não tem bons sentimentos, e a carne deixada junto a um homem moribundo, demonstra que quem assim o fez tem bons sentimentos.

— E que razões teria para viver oculta?

— Isso é difícil de saber. Mas proponho que visitemos essa tumba, e quem sabe ali, não consigamos descobrir algo mais sobre tudo isto.

— Depois de vinte anos que ocorreu o crime? — objetou Treskow.

— Por que não? Há coisas que o tempo não destrói.

85

Treskow tentou ainda objetar, mas não pude prestar-lhe atenção, porque ao olhar para a janela, vi o rosto de um homem que parecia estar nos observando. Naquele instante o chefe dos osagas exclamou, apontando para a janela:

— Tibo taka! Ali fora, na janela! É Tibo taka!

Fora da casa parecia estar parte do mistério...

O Curandeiro dos Comanches Naiini

Capítulo Primeiro

Com efeito, era o curandeiro dos comanches naiini. Logo, o disparo que o velho Old Wabble dirigiu-me na granja de Fenner voltou à minha memória, e gritei com força para todos:

— Para o chão! Ele pode disparar!

Não havia terminado de dizer isso, quando o vidro da janela arrebentou-se em mil pedaços, pelo efeito de um disparo. De um salto coloquei-me no canto mais próximo, e no mesmo momento uma bala passou perto da cadeira que eu havia ocupado momentos antes, indo incrustar-se na parede. Com um golpe apaguei a lamparina, e correndo em meio a escuridão, precipitei-me até a porta, e observei o exterior.

A escuridão era quase absoluta. Não podia ver ninguém nem ouvir nada, sobretudo porque lá dentro estava um tremendo barulho. Todos estavam excitados e nervosos; finalmente Winnetou aproximou-se e disse:

— Não temos por que ficar aqui! Vamos procurá-lo!

Mal terminando de dizer estas palavras, o apache lançou-se em busca do curandeiro naiini, seguido por mim, que também queria capturar aquele canalha que havia atirado tão traiçoeiramente.

Dentro em pouco escutamos o trotar de três cavalos que se afastavam da granja, rumo a oeste.

Era a prova de que o curandeiro não havia vindo só, e isto fez-me pensar no médico e na mulher dos quais o granjeiro Harbour havia falado, e que tinham chegado em sua casa naquele mesmo dia. Winnetou também deve ter pensado o mesmo, porque comentou:

— Tibo taka converteu-se num cara-pálida; em um médico que propõe levar ao forte Wallace uma enferma. O que acha disto?

— Penso o mesmo que você: a enferma deve ser Tibo wete, sua mulher, que se faz passar por doente, cobrindo o rosto com um véu. Assim não poderão descobrir que um branco viaja com uma índia. O que não acredito é que estejam indo para o forte Wallace, mas sim indo encontrar com o "general" no Colorado. Se for assim, encontraremos os assassinos junto à tumba da vítima.

Todos saíram de casa com as armas nas mãos, e Dick Hammerdull, que havia escutado nossos comentários, exclamou em voz alta:

— Se for certo que este é Tibo taka, os comanches estão aí, para assaltar a granja, e então nos encontramos em grande perigo. Senhor Harbour, reúna todo o seu pessoal para que possamos nos defender!

Enquanto isso, eu me afastava da casa, para ver nossos cavalos; todos estavam em seus lugares, e isso me tranqüilizou. Ao voltar para a granja, estavam todos armados, cada qual empunhando seu rifle. Só Winnetou não estava ali, parecia ter desaparecido. Mas o chefe apache estava sentado dentro da casa, meditando sobre tudo aquilo. Dali ouviam-se as vozes de todos, cada um propondo uma coisa distinta, motivo pelo qual decidi terminar com aquele barulho, gritando mais forte que todos:

— Silêncio! Por que estão agitados assim?

— Os comanches vão nos atacar! — respondeu alguém.

— Não sejam tolos! Como os comanches vão chegar até aqui? Não percebem que para fazê-lo teriam que passar por nada menos do que os kiowas, cherokees, choctaws, semínoles, chickesaws, quapwas, senekas, wyandottes, cheienes, psagas e outras tribos mais? Seria loucura tal expedição guerreira!

— Seu curandeiro disparou contra nós! — disse Dick.

— Chega de bobagens, Dick.

Notei que Schahko Matto estava ali, e ao vê-lo sorri satisfeito; sem dúvida alguma teria podido aproveitar o alvoroço para fugir. Mas ele não o fez, demonstrando que desejava continuar conosco. Por isso aproximei-me dos osagas, dizendo-lhe:

— De agora em diante, o cacique dos osagas fica livre. Nossas amarras não voltarão a apertar seus braços e pernas, e agora ele pode partir para onde quiser.

— Fico com vocês! Apanachka devia conduzir-me até onde está Tibo taka; mas já que este veio por conta própria, não irá escapar de forma alguma. Vocês o seguirão?

— Lógico! Como o reconheceu tão rapidamente?

— Eu o reconheceria mesmo que mil sóis tivessem passado. O que ele procura aqui em Kansas? Por que veio até esta granja?

— Veio disfarçado em médico branco, como se estivesse conduzindo uma enferma. Já ficaremos sabendo de tudo logo.

Mandei chamar o dono da granja e perguntei-lhe:

— O médico e a enferma estão aqui?

— Não — respondeu Bell, ao invés de Harbour. — Eles partiram!

— Esse homem não era médico, e sim o curandeiro dos comanches naiini; e a mulher era sua esposa. Além disso, ouvi que pedia a seu acompanhante, uma grinalda de murtas. Então, ele a conduziu para a porta atrás da casa.

Assim é que, depois de alguns comentários mais, fomos dormir e tentar descansar um pouco.

Capítulo II

No entanto, eu estava intranqüilo, e não podia conciliar o sono. Uma só idéia perturbava meu descanso: "Para que tudo seja igual... Só falta o assalto... Só falta o assalto."

Farto de revirar na cama, levantei-me e saí do dormitório nas pontas dos pés, para que ninguém me visse.

O céu estava coalhado de estrelas e podia-se ver a grande distância. Andei até o curral, onde os criados montavam guarda conversando entre si. Ao escutarem meus passos, alarmaram-se, mas para que me reconhecessem, perguntei:

— Tudo certo, rapazes?

— Tudo, senhor.

Não obstante, fiz-lhes uma observação sobre meus cavalos:

— Pois deve estar acontecendo algo estranho. Meu cavalo e o de Winnetou costumam dormir de noite, e no entanto estão de pé. Isso não me agrada!

Aproximei-me dos animais. Ambos tinham as cabeças erguidas e os olhos brilhantes. Ao ouvirem-me avançar, resfolegaram fortemente. Já sabia que isto não era normal, pois conhecia perfeitamente as reações daqueles cavalos. Voltei-me para os dois vigias, dizendo-lhes:

— Fiquem alertas, rapazes. Nas cercanias da casa há gente, e já iremos saber se são amigos ou inimigos. Mas os amigos nunca se escondem.

— Senhor! Não podem ser os desordeiros, procurando por Bell?

— Já ficaremos sabendo. Ali em frente da porta da casa, algo acabou de levantar-se: não posso entrar na sala, mas irei acordar meus homens. Dê-me um destes rifles!

Mas mudei de idéia e lancei três vezes o grito de guerra da águia. Dentro em pouco, escutei o mesmo

grito do interior da casa: era a resposta de Winnetou, que conhecia perfeitamente o significado de meu aviso.

Então, vi saltar do mato muitas sombras escuras, e o ar vibrou com um grito que reconheci como sendo sinal de ataque índio.

O que eles buscavam naquela casa afastada? Por que haviam descido tanto a nascente do rio Republicano? Mas logo me tranqüilizei, ao reconhecer que o grito de guerra era dos guerreiros cheienes, amigos de Winnetou.

O que me soou estranho no entanto é que, segundo os costumes índios, atacam-se primeiro os cavalos. Percebi então que interessava-lhes entrar na casa!

Mas o assalto havia fracassado!

O que ia acontecer agora, é o que eu me perguntava.

Sem deixar de uivarem como feras famintas, formaram diante da fachada principal da casa um semicírculo que chegava de um canto a outro: depois, seguiu-se um silêncio absoluto.

Como eu conhecia muito bem Winnetou, estava convencido de que não tardaria em falar, e assim foi. O apache havia aberto a porta e aparecendo, exclamou com sua voz potente:

— Ressoa o grito de guerra dos cheienes! Aqui está Winnetou, o chefe dos apaches, que fumou com eles o cachimbo da paz e da amizade! Como se chama o chefe dos guerreiros que vejo diante de mim?

— Aqui está Wick Panahka (Faca de Ferro), chefe dos cheienes — replicou outra voz.

— Winnetou conhece todos os guerreiros notáveis dos cheienes e não há, entre eles, nenhum que tenha este nome. Desde quando é, quem assim se chama, cacique dos seus?

Uma voz desagradável respondeu imediatamente:

— Não desejo responder isto.

— Por que não? Mas deixemos isto por agora, e vamos ao que interessa. Por que os cheienes vieram aqui com este grito de guerra? O que procuram aqui?

— Queremos Schahko Matto, o cacique dos osagas. E sabemos que ele está aí! Incendiaremos a casa, se o cacique dos osagas não sair! E também queremos o jovem Apanachka! Temos bons rifles para conseguir o que queremos, mesmo que vocês se oponham.

Winnetou ficou tão surpreso como eu, mas então eu o escutei perguntar:

— Querem matar Schahko Matto?

— Sim!

— E também o jovem Apanachka?

— Não! Ele não correrá perigo algum. Há aqui alguém que quer falar-lhe. Depois, ele poderá ir para onde quiser.

A voz firme do chefe apache voltou a soar:

— Ele não irá, nem tampouco Schahko Matto!

— Então... Também Winnetou e Mão-de-Ferro serão considerados nossos inimigos!

— Assim seja! Vamos ver se conseguem seus propósitos!

— Winnetou está cego? Não vê que aqui estão muitos guerreiros? O que podem fazer para defender esta casa? Damos uma hora de prazo para que deliberem. Se este tempo acabar, e nós não tivermos Schahko Matto e o jovem Apanachka...

Antes que Winnetou pudesse responder, ocorreu algo que nem ele nem o chefe dos cheienes que falava estavam esperando. O modo de preparar o assalto da granja, fazia presumir que a maioria eram homens inexperientes, já que eu havia podido esgueirar-me, enquanto eles falavam, até o semicírculo dos cheienes, e agora eu estava junto a Faca de Ferro, como se fosse sua sombra, gritando:

— Para saber o que iremos decidir, não precisa de esperar uma hora. Os cheienes já vão ficar sabendo agora!

Capítulo III

Minha repentina aparição dentro do semicírculo daqueles índios guerreiros, como é natural, produziu um grande impacto. Mas sem temer que me atacassem, apresentei-me diante do chefe:

— Aqui estou, Mão-de-Ferro, como sou conhecido pelos cheienes! Se há entre eles, alguém que deseje me aprisionar, que se aproxime.

E aconteceu o que eu havia previsto. Tudo permaneceu na mais completa calma. Minha temerária aparição os havia surpreendido. O índio normalmente é assim: aprecia o valor e a audácia de seus inimigos e o respeitam. Meu ato os deixou perplexos, ainda mais ao ver-me tão tranqüilo, apesar de não ter nem sequer um rifle nas mãos. Aproveitei esta situação e agarrando pelo pulso o chefe deles, acrescentei:

— Wick Panahka vai escutar imediatamente o que estamos dispostos a fazer! Venha comigo!

Sem afrouxar a mão, encaminhei-me com ele para a casa. Sem opor a menor resistência, veio comigo até onde estava Winnetou. Entramos na casa, fechando a porta.

— Luz, senhor Harbour! — gritei na escuridão.

O dono da granja acendeu a grande lamparina e pudemos ver o rosto assustado do chefe dos assaltantes. Escutávamos os gritos dos guerreiros, alarmados, que começavam a reagir. Mas nos sentíamos tranqüilos pois, enquanto seu chefe estivesse em nosso poder, nada havia a temer. Empurrei o cheiene numa cadeira, ordenando-lhe imperiosamente:

— Wick Panahka pode sentar-se conosco. Somos amigos dos cheienes e celebramos tê-lo como hóspede.

O índio obedeceu, mas sorriu ironicamente ao ver que eu tinha uma maneira "especial" de convidar os "hóspedes" a sentar. Em seu rosto adivinhava-se a sur-

94

presa por ter vindo assaltar a granja com oitenta homens, e agora encontrava-se realmente dentro dela, mas não como vencedor.

Percebi também a expressão satisfeita de meu amigo Winnetou.

— Leio na alma de meu irmão e só quero dizer-lhe uma coisa: você foi meu mestre, e eu só sou o discípulo aplicado.

O chefe dos apaches apertou minha mão e continuou calado. Schahko Matto sentou-se na frente do cheiene e perguntou:

— O cacique dos cheienes me conhece? Sou Schahko Matto, o chefe dos osagas, cuja entrega exigiu. O que vamos fazer com ele?

O interpelado replicou, temendo o que pudesse acontecer:

— Mão-de-Ferro me chama de "hóspede"!

— Ele assim o chama, mas eu não! Tinha-me reservado a morte, por isso tenho o direito de pedir sua vida.

— Mão-de-Ferro me protegerá.

— Isso dependerá de sua conduta — eu o corrigi, para que não ficasse confiante em demasia. — Se me informar tudo o que eu pedir, dizendo-me toda a verdade, eu o farei. Do contrário, não. Encontrou hoje um homem branco e sua esposa índia?

— Sim — respondeu ele, de má vontade.

— Ele os informou que estávamos aqui, e que Schahko Matto estava entre nós?

— Assim foi.

— Ele exigiu, por esta informação, a entrega do jovem Apanachka?

— Sim.

— E o que ele queria com Apanachka?

— Isso eu não sei, não perguntamos.

— Onde está o homem branco?

— Também não sei.

— Não minta! Ele encomendou-lhe a captura e entrega de Apanachka. Deve saber portanto onde ele o espera.

Avisei-o de que se continuasse mentindo, eu o entregaria a Schahko Matto, e pelo visto a ameaça produziu efeito, porque ele respondeu rapidamente:

— Esse homem está aí fora, com meus guerreiros.

— Mas sua esposa... Está com ele?

— Não. Nós a deixamos junto com os cavalos.

Antes que eu pudesse perguntar algo, Winnetou adiantou-se:

— Estive várias vezes entre os cheienes, e nunca vi nenhum Wick Panahka. Como pode ser?

— Nós pertencemos a tribo dos cheienes *mukweint*, na qual o chefe dos apaches nunca esteve.

— Isso é tudo o que queria saber! Meu irmão Mão-de-Ferro pode continuar — disse então Winnetou.

— Vejo que empunharam as machadinhas de guerra — continuei. — Contra quem estão guerreando?

O índio vacilou antes de responder, mas recordando minha ameaça de entregá-lo ao cacique osaga, resolveu responder:

— Contra os osagas, e ninguém mais.

— Agradeça ao fato de ter nos encontrado aqui, já que os osagas teriam arrancado o couro cabeludo de vocês, que só contam com oitenta homens. Bem, o que pensa em fazer agora?

— Vamos levar Schahko Matto. Por mim, podem ficar com Apanachka.

— Não está em condições de decidir. É nosso prisioneiro, ou esqueceu-se disso? Além disso, os cheiene mukweint têm fama de não serem muito hábeis na luta.

— Isso não é verdade! — exclamou ofendido Wick Panahka.

— Pois vocês acabaram de demonstrar isso, pela forma desastrosa com que nos atacaram.

— Por que falar tanto? — disse Schahko Matto. — Vamos acabar com ele e pronto!

Enquanto isso, Winnetou arrancou com um puxão o amuleto do cheiene. Wick Panahka lançou um grito de espanto, e avançou contra Winnetou, mas com um empurrão eu o fiz sentar novamente, e gritei:

— Obedeça, ou não viverá para recuperar seu amuleto.

— Quero que os cheienes regressem em paz para seu acampamento — disse Winnetou, — se fizerem assim, nenhum de seus homens irá morrer numa luta tão inútil quanto desvantajosa para eles; nós estamos dentro de uma casa e eles sem nenhuma proteção. Posso jogar seu amuleto ao fogo, para que queime e tenha que aparecer diante do Grande Manitu sem ele. Howgh!

Eu sabia o que significava o amuleto para qualquer índio, sobretudo se ele é o chefe ou cacique dos índios, e compreendi porque o cheiene aceitou tudo tão rapidamente.

Pouco depois, os fracassados assaltantes deram-se por satisfeitos com o infeliz desenlace do assalto, partindo pela manhã. E ao comprovarmos que os índios haviam fugido, também partimos, acompanhados por Schahko Matto, apesar de o termos colocado em liberdade.

Depois de consolar o chefe dos osagas, que novamente havia perdido de vista o curandeiro que tanto buscava, seguimos cavalgando todos juntos.

O Outro Winnetou

Capítulo Primeiro

Um dia depois de haver saído da granja dos Harbour, o cavalo de Treskow teve a infelicidade de tropeçar, jogando o policial no chão.

O animal levantou-se rapidamente e começou a correr, arrastando Treskow pelo estribo. Apesar de acudirmos Treskow rapidamente, não pudemos evitar que ele machucasse o ombro gravemente, a ponto de impedir que tornasse a montar.

O local do ferimento, mesmo não tendo o osso quebrado, ficou bastante inchado e tomou uma coloração escura. Quando encontramos um riacho, fizemos compressas e massagens em Treskow, mas este era um procedimento extremamente doloroso para ele, sobretudo porque não era muito resistente.

Este incidente lamentável nos roubou três dias completos, sendo impossível para nós conseguirmos alcançar Mão-Certeira antes de sua chegada ao parque. Lamentei muito esta situação, pois sabia que ele estava sozinho, e podia ser vítima fácil de uma emboscada do "general".

Eu também não podia deixar de pensar que Old Wabble devia continuar, junto com seus homens, em seu afã de vingança. Nós o havíamos deixado sem cavalo, mas ele já poderia ter a esta hora conseguido reunir-se com seu pessoal, e estar tentando levar a cabo seus planos de vingança.

E agora, nós perdíamos três dias! Três preciosos dias!

Também pensava em *Tibo taka*: não compreendia o porque desta viagem, já que eu não acreditava que ele estivesse realmente indo para o forte Wallace. Pensei exatamente o mesmo que Winnetou: que o curandeiro havia sido induzido pelo "general", mediante procedimentos que ainda ignorávamos, a vir encontrar-se com ele ali no Colorado, em um local combinado.

Assim pois, sempre prudentes, atravessamos a fronteira do estado, subindo um bom trecho do Colorado. Quando nos encontrávamos nas proximidades de Bush-Creek, nos dirigimos a um acampamento abandonado que Winnetou conhecia.

Pouco depois do meio-dia, encontramos uma pista de uns vinte cavaleiros, cujas pegadas vinham do noroeste. Estas pegadas indicavam que seus cavalos estavam ferrados, o que nos mostrava que eram homens brancos, provavelmente já sabendo sobre os rumores de ouro e prata nas montanhas.

Calculamos que aquela pista datava de umas cinco horas, pelo menos. Isto nos fazia supor que nos encontraríamos com aquela gente no mesmo dia. Seguimos as pegadas sem a menor preocupação, até chegar a um ponto onde eles haviam feito uma parada. Várias latas de conserva vazias, atiradas por ali imprudentemente, indicavam que aquele local havia-lhes servido de acampamento. Dick encontrou também uma garrafa, que não estava completamente vazia.

Ele deu um trago, e então lançou a garrafa longe, com um gesto de nojo:

— Ah! Água velha e quente! E eu que sonhava com um bom gole de uma aguardente. O que acha disso, Pitt?

Holbers resmungou:

— Alegro-me, Dick. Isso o ensinará a ser mais comedido e prudente.

Nem Winnetou e nem eu deixamos passar este detalhe, já que naquelas paragens uma garrafa constitui um objeto precioso que não se abandona jamais, pelo contrário, conserva-se como um verdadeiro tesouro.

Aquela garrafa podia não ter sido abandonada, e sim esquecida por seu dono, o qual, se notasse sua falta, voltaria para buscá-la, correndo o risco de nos descobrir.

Por fim chegamos ao acampamento que Winnetou conhecia. Assim que desmontamos, ele nos disse:

— Neste lugar estamos a salvo de qualquer ataque, desde que coloquemos um sentinela na entrada do vale.

Como o solo era macio, passamos um por um, quase sem ruído, junto à lagoa que havia por ali. Winnetou que abria a marcha, de repente parou, e levantando a mão, nos fez calar. Havia escutado algo. Para explorar o terreno, nós dois deslizamos sigilosamente, até o local de onde pareciam vir os ruídos.

Uma potente voz índia cantava lenta e queixosamente, e nós avançávamos lentamente, até chegarmos a um lugar que nos permitiu ver a entrada de uma caverna.

Aquelas pedras formavam um recinto de uns quarenta metros de diâmetro, sombreado por árvores e mato. O solo era coberto por uma grama fresca. Na frente da caverna, sentado numa pedra, estava...

Winnetou! Ele mesmo, o chefe das tribos apaches!

Capítulo II

Com efeito, o homem era tão parecido com Winnetou, que se ele não estivesse ao meu lado, eu acharia que era meu amigo que ali estava.

Aquele homem tinha a cabeça descoberta, e seus cabelos longos e escuros, estavam trançados, caindo por sobre seu ombro. Seu traje era de caça, e sua calça era de couro; estava calçado com mocassins e trazia na cin-

tura uma manta colorida, na qual só estava sua faca. No chão, ao seu lado, havia um rifle de cano duplo. Amarrados com cordas, estavam no seu pescoço vários utensílios índios, mas não o amuleto que eles sempre trazem.

O homem era quase um retrato vivo de Winnetou.

É verdade que aquele índio era mais velho que meu amigo, e seu rosto mais marcado pela idade.

Instintivamente pensei que aquele índio não era o que parecia, nem parecia o que era.

Winnetou então levantou a voz, exclamando:

— Kolma Puchi!

Seus olhos estavam arregalados e ao pronunciar aquele nome, compreendi que minha intuição não havia me enganado. Kolma Puchi! Tínhamos diante de nós um personagem misterioso. Ali estava um índio a quem ninguém havia conseguido ver de perto, que não pertencia a nenhuma tribo e que se recusava a conviver com todos.

Alguns o haviam visto a cavalo, outros a pé; mas sempre havia dado a impressão, a todos que o viram, de que sabia manejar bem as armas, e que era um homem perigoso para se enfrentar. Tratá-lo como inimigo teria sido igual a ofender a Manitu, e avivar sua vingança. No entanto, haviam índios que diziam que Kolma Puchi não era homem, e sim o espírito de um célebre cacique enviado por Manitu. Não havia ninguém que soubesse seu nome, e o chamavam de Kolma Puchi, quer dizer, Olho Escuro, por ter os olhos negros como as noites sem estrelas.

Também Winnetou nunca havia visto o peregrino cantor, e no entanto, ele sabia que era Kolma Puchi. Eu nem pensei em duvidar disto, porque não sabia nem o que pensar.

Não tínhamos motivo para continuar o espreitando, e como também queríamos avisar nossos companheiros, nos colocamos de pé, fazendo barulho deliberadamente. Rápido como um raio, o índio pegou seu rifle e nos apontou, exclamando:

— Quem está aí?

Nós ficamos imóveis. Meu amigo já ia responder, quando operou-se uma mudança repentina em Kolma Puchi. Deixou cair a arma e, estendendo os braços em nossa direção, como se estivesse nos dando as boas-vindas, exclamou:

— Inchu-Chuma! Inchu-Chuma, o cacique dos apaches... Mas não, não é Inchu-Chuma, esse só pode ser Winnetou, o mais velho e mais célebre de seus filhos.

— Conheceu meu pai? — perguntou Winnetou, ousando aproximar-se dele um pouco mais.

O índio pareceu vacilar entre a negativa e o assentimento.

— Sim, eu o vi uma ou duas vezes, e você é seu retrato vivo.

A voz daquele homem, era difícil de descrever. Por um lado, sua voz era suave, e por outro, tão sonora e enérgica!

— Sim, sou Winnetou! Você é aquele a quem chamam de Kolma Puchi?

— Winnetou! Você me conhece?

— Não, nunca o havia visto até agora, mas eu adivinhei. Kolma Puchi, de quem só escutamos referências, nos permite que assentemos a seu lado?

Então aquele homem dirigiu seu olhar severo para mim. Depois de investigar-me da cabeça aos pés, respondeu:

— Eu também ouvi muitas coisas boas sobre Winnetou. Sei que está sempre acompanhado por um caçador branco, a quem todos chamam de Mão-de-Ferro. É este homem, por acaso?

— Sim — respondeu Winnetou.

— Então... Sentem-se e sejam bem-vindos!

Capítulo III

Assim que sentamos com ele, o apache recordou:

— Estamos com outros companheiros, que nos esperam próximo ao riacho. Eles podem aproximar-se também?

— O Grande Manitu criou o mundo para todos os homens bons, aqui há lugar bastante para todos quanto os acompanham.

Assim que ele falou, parti dali em busca dos outros. O local tinha uma entrada mais larga do que a brecha pela qual tínhamos entrado. Winnetou e Kolma Puchi estavam debaixo de uma árvore frondosa, conversando amigavelmente. O índio nos observou chegar com certa impaciência. Seu olhar percorreu todos os nossos companheiros. Quando seu olhar encontrou Apanachka, que vinha por último, ele ficou atônito. Uma força invisível fez com que ele desse um pulo, sem tirar os olhos do jovem índio. Adiantou-se até o comanche e disse, atabalhoadamente:

— Quem... Quem é você? Diga-me agora!

Apanachka nos olhou assustado, mas respondeu amavelmente:

— Sou Apanachka, o cacique dos comanches kenaes.

— E o que... O que está fazendo aqui no Colorado?

— Eu me propunha a ir para o norte, visitar as pedreiras sagradas, mas no caminho me encontrei com Winnetou e Mão-de-Ferro, que estavam vindo para cá. Então mudei de rota para segui-los.

— Uf! Uf! Cacique dos comanches. Não pode ser! Não pode ser!

E Kolma Puchi continuava observando o jovem com tanta insistência e firmeza, que Apanachka perguntou, vivamente intrigado:

— Você me conhece? Já me viu alguma vez?

— Tenho visto você algumas vezes, mas em sonhos da minha juventude, que já passaram.

Notei que ele estava tentando de tudo para dominar-se e ocultar sua agitação interior. Ele estendeu a mão para Apanachka e prosseguiu:

— Seja bem-vindo você também! Hoje é um dia especial!

E voltou-se para onde estávamos, sentando no mesmo lugar que antes ocupara; permaneceu no entanto muito distraído, como se seu pensamento estivesse muito longe dali.

Não tardamos em montar nosso acampamento, deixando os cavalos pastarem e descansarem. Logo estávamos sentados num amplo círculo, no centro do qual ardia uma fogueira. Contávamos com provisões abundantes e as oferecemos a Kolma Puchi, achando que ele poderia querer compartilhar a refeição conosco.

— Meus irmãos são muito amáveis e generosos comigo — disse — mas eu poderia dar-lhes carne até que ficassem saciados.

— Onde as tem? — perguntei-lhe diretamente.

— Em meu cavalo.

— E por que não a trouxe consigo?

— Porque não queria ficar aqui, iria prosseguir na minha jornada. Então, a carne está em um lugar mais seguro que este.

— Não acha que este amplo círculo de rochas é seguro? É quase invisível de fora.

— Para um só homem, não; mas como vocês são muitos, poderíamos pôr sentinelas, e aí sim, nada haveria para se temer.

Ele nos perguntou então, como era natural, para onde nos dirigíamos. Quando soube que nossa meta era o Parque de San Luis, pareceu refletir e logo ficou calado, diminuindo sua loquacidade. A partir daí, quase que insensivelmente, Kolma Puchi parou de tomar parte na conversa, e eu notei que Dick estava ficando incomodado por causa de seus longos silêncios, desejando saber mais e mais deste misterioso homem. Por isso, ele perguntou à sua maneira:

— Meu irmão vermelho acaba de escutar que viemos do Kansas. Poderíamos saber de onde está vindo?

— Kolma Puchi vem daqui e dali, e é como o vento, que utiliza todos os caminhos — respondeu ele, evitando uma resposta direta.

— E para onde irá agora? — insistiu Dick teimosamente.

— Não há destino para mim. Irei para onde meu cavalo dirigir seus passos. E isto basta para Kolma Puchi!

— Bom... Tenho que admitir que esta é uma resposta sincera e sem rodeios. Não acha isso também, Pitt?

E ali a conversa terminou. Como queríamos sair na manhã seguinte, bem cedo, decidimos que o melhor a fazer era irmos dormir, para ficarmos bem descansados. Montamos os turnos de guarda e não sei o quanto tempo dormi, até ser despertado por um ruído de muitas vozes.

Quando abri os olhos, entrevi um homem em pé diante de mim. Ele levantou o rifle e deu-me um tal golpe, que caí desmaiado no chão.

Capítulo IV

Quando recobrei os sentidos, tive uma sensação tão estranha, que não conseguia ver nem ouvir nada, e por isso desmaiei novamente.

Quando me recuperei pela segunda vez, tive a alegria de notar que estava melhor, mesmo que ainda não conseguisse saber exatamente o que tinha acontecido.

O que eu vi não me serviu de grande consolo. Uma magnífica fogueira ardia a meu lado, e sentado ali estava o velho e ladino Old Wabble, que me lançava um olhar carregado de ódio.

— Por fim! — exclamou satisfeito. — Fartou-se de dormir? Estou certo que sonhou comigo, não é verdade, maldito Mão-de-Ferro?

Não me dei ao trabalho de responder a tanto cinismo.

Lancei um olhar ao meu redor e vi que todos, inclusive Treskow, que havia estado de sentinela, eram prisioneiros daquele homenzinho coxo, cuja maldade manifestava-se sempre, seja em seu olhar, seja em suas palavras. A minha esquerda jazia Winnetou, e a minha direita Dick. Haviam nos tirado as armas e esvaziado nossos bolsos. Tirando Old Wabble, não conhecia nenhum daqueles vinte homens que estavam ali sentados, vigiando-nos, e conversando entre si.

Calculei mentalmente que devia ter sido deles as pistas que havíamos encontrado aquele dia, ainda que não pudesse calcular como eles haviam descoberto nosso acampamento, ali tão escondido. Então me recordei da garrafa de água que Dick havia encontrado, e dei-me conta do nosso grande erro ao não termos prestado mais atenção neste detalhe. Eles certamente haviam retornado em busca da garrafa, descobrindo assim nossas pegadas e...

Não pude continuar pensando no que havia acontecido, porque ao olhar para Old Wabble, vi que seu rosto resplandecia de felicidade por ter-me feito prisioneiro. O cabelo, longo e grisalho, caía de sua cabeça em tranças que mais pareciam serpentes venenosas, dando a impressão de que ele era uma velha doente. Minha falta de resposta anterior não o havia agradado muito, e ele chutou-me, ameaçadoramente:

— Cuidado ao mostrar-se tão insolente, porque senão vou apertar as cordas até que sangre! Eu não sou índio, para que fique rindo de mim.

— Claro que não é um índio.

— O que quer dizer com isto?

— Que um índio não ataca traiçoeiramente como você fez.

— Realmente não. Disse que não sou índio porque não perco tempo com rodeios. Tem razão! Um bom tiro me basta!

— Pois dispare, assim que sua negra consciência disser.

— Eu o farei, Mão-de-Ferro. Sei que não teme a morte, pois segundo você pensa, irá para o céu, como tão piedosamente apregoa. Pois então, o que acha de eu abrir-lhe duas largas portas para esse paraíso?

— Não pense que vou pedir-lhe clemência.

— Estou certo que não. Você e esse Winnetou, são por demasiado orgulhosos para suplicar algo. Mas desta vez você está perdido! Eu lhe asseguro. Assim como me chamo Fred Cutter, conhecido por todos como Old Wabble, você não me engana. Fui eu quem enganou você, ao regressar para pegar a garrafa e ver suas pegadas. O resto foi fácil! Nós os surpreendemos... E agora estão todos em nosso poder!

Um dos homens que acompanhavam Old Wabble disse:

— Chega de conversa inútil, o que você tem para acertar com Mão-de-Ferro não nos importa. O que queremos é que cumpra a promessa que nos fez!

— Eu cumprirei! — replicou vivamente Old Wabble, voltando-se para ele.

— Então... Estamos esperando o que?

— Temos tempo.

— Não, queremos saber agora!

— Já saberão! Não sejam tão impacientes!

— Pois fale de uma vez com Winnetou. Nós nos interessamos pelo apache, não pelo ódio que você alimenta por Mão-de-Ferro.

— Peço-lhe que tenha paciência, Cox. Eu sempre cumpro minhas promessas e você sabe disso.

As palavras que Old Wabble dirigiu ao tal Cox me fizeram pensar que aquele era um grupo de aventureiros. O velho devia tê-los convencido com alguma de suas promessas, para que o seguissem, e eles agora reclamavam o cumprimento do pacto.

Deduzi que nossa situação era bem ruim, por nos encontrarmos nas mãos de uma horda de assassinos, muito pior do que qualquer grupo de guerreiros índios hostis. Eles nos matariam ali mesmo, se não conseguíssemos pensar numa forma de escapar.

Cox aproximou-se de Winnetou, dizendo-lhe:

— Temos um negócio pendente com Wabble, e esperamos que você nos ajude.

Winnetou não tinha o hábito de falar com seus inimigos, mas naquele ocasião precisávamos saber o que eles tinham em mente, e por isso ele perguntou:

— Que tipo de negócio?

— Serei breve e sincero. Wabble planeja uma vingança contra Mão-de-Ferro e nos pediu ajuda. Nós o estamos ajudando com a condição de sermos recompensados. Ouro! Suponho que agora entendeu, não é?

— Não — disse secamente o apache.

— Você sabe, índio, que descobriram no Colorado magníficos veios de ouro e Wabble disse que você sabe muito bem onde poderemos encontrar ouro ali!

— É possível...

— Então não tem problema. Você nos leva até lá e nós o libertaremos.

— E se eu me negar?

— Bom, adivinhe! Você morrerá!

Com toda a dignidade, e sem mudar de expressão, Winnetou deixou a todos desconcertados com sua resposta:

— Pois não percam tempo! Prefiro morrer!

Via-se o desconsolo no rosto daqueles bandidos ao verem a firmeza de Winnetou. Mas Cox tentou acertar as coisas, insinuando:

— Não se trata só da sua vida, índio, mas também da vida de seus companheiros. De acordo com nosso trato com Old Wabble, só Mão-de-Ferro deve morrer. Os outros podem salvar-se, se você colaborar.

E um dos homens de Cox acrescentou:

— Pense bem nisso, Winnetou.

Precisávamos ganhar tempo, e meu amigo apache, sabendo disso, respondeu calmamente:

— Os caras-pálidas precisam me deixar pensar nisso.

E fechando os olhos, parecia estar pensando profundamente, mas como eu o conhecia profundamente, sabia bem que ele estava tentando encontrar uma saída.

Como todos os outros, eu esperei...

Capítulo V

Enquanto Winnetou fingia pensar sobre a proposta dos criminosos, eu pensei em muitas outras coisas.

Sabia que meu amigo tinha que enganar os bandidos e mostrar-se submisso, porque para ele tratava-se de duas coisas: salvar-me das mãos de Wabble, e também ganhar tempo para esperar uma circunstância favorável à nossa libertação.

Mas impaciente, Cox pressionou:

— Vamos, vamos! Vai demorar muito esta resposta?

— Os caras-pálidas não terão ouro algum das jazidas que Winnetou conhece — anunciou o chefe apache, com sua dignidade habitual. — Porque para isso, precisamos de Mão-de-Ferro.

— Como?

Winnetou apontou-me, esclarecendo:

— Meu irmão Mão-de-Ferro é quem conserva em sua memória onde estão as jazidas de ouro. Mas como Wabble quer sua vida, mesmo que eu tente guiá-los, nunca conseguiremos chegar ao local exato.

Winnetou assim falava para tentar salvar-me da morte. Aquela era uma forma de tentar fazer um trato com

110

os bandidos: se eles queriam ouro, deveriam convencer Old Wabble a renunciar, mesmo que momentaneamente, à sua vingança!

Cox consultou seus companheiros sobre a proposta de Winnetou, mas não consultou Old Wabble.

— Seja! Você ou este Mão-de-Ferro nos levarão até onde está o ouro!

— Esperem aí! — protestou Wabble. — Isso não vai acontecer! Mão-de-Ferro me pertence!

— Esqueça isso, velho! O que nos interessa é o ouro!

E não fazendo caso das reclamações de Wabble, Cox voltou-se novamente para Winnetou:

— Mais ou menos onde fica esta "mina" que você conhece?

— Próximo a Squirrel-Creek. Uma vez fui ali com meu irmão Mão-de-Ferro margeando a lagoa e vimos luzir algo no musgo da margem. Era ouro, havia pepitas pequenas, e fragmentos maiores. Tudo estava amontoado por causa da correnteza do rio.

— Grandes de que tamanho? — escutamos alguns homens perguntarem, vivamente interessados.

— Grandes como meu pulso — disse Winnetou.

— Caramba! — exclamou louco de alegria Cox, no que foi seguido por seus homens. — Então... Ali deve haver milhões! Muitos milhões!

Um dos homens mostrou-se incrédulo, indagando por sua vez:

— E por que o deixaram ali?

Com sua dignidade ofendida, Winnetou indagou por sua vez:

— E para que íamos pegar aquele ouro?

— Para que? Ora, vamos! — tornou a exclamar o bandido. — Escutaram isso, companheiros?

— Não há motivo para assombro — achei oportuno intervir. — Winnetou não precisa de ouro para viver,

112

como muitos de nós, homens brancos, precisamos. E se algum dia precisássemos dele, só teria que exercitar a memória para ter este outro.

— Pois agora usaremos sua boa memória — replicou Cox. — Wabble não irá fazer nada contra você. E você e o índio nos levarão até onde está o ouro. Combinado?

— Insisto que respeitem minhas vontades! — gritou Old Wabble. — Mão-de-Ferro me pertence!

— Certo, mas agora não vamos pensar nisto — retrucou Cox. — Ele continuará vivo e vai nos conduzir até essa "mina"! E caso encerrado!

— Vocês são uns estúpidos! Não estão vendo que Winnetou só está tentando tirar este homem das minhas mãos? Está tentando ganhar tempo para tentar escapar!

— Estúpido é você, velho — gritou Cox. — Ninguém consegue escapar de nós! Somos muitos e podemos vigiá-los bem.

Depois de muita discussão e muita gritaria, Wabble compreendeu que estava em franca minoria diante dos bandidos, e que nada conseguiria. O astuto velho então terminou por dizer:

— De acordo! Mas se encontrarem esta "mina"... Peço também minha parte nisto!

— Não nos opomos a isto, Wabble, e terá seu ouro. Mas agora, torno a dizer, chega de discussões.

Com um gesto imperioso, indicando que Wabble ali pouco mandava, Cox designou alguns homens para nos vigiar. E os outros deitaram-se. Mas o ladino Old Wabble teve a infeliz idéia de colocar-se entre Winnetou e eu, amarrando meu braço ao seu, com uma grossa corda, a título de precaução.

E sabe Deus o quanto aquilo me contrariou.

Porque eu estava pensando justamente em fugir.

A Demente

Capítulo Primeiro

Não há situação que seja, por pior que ela se apresente, que não tenha meio de ser resolvida, ainda que seja com a ajuda alheia.

Por isso eu não me desesperava já que, por agora, a ameaça de morte que Old Wabble significava para mim, parecia esquecida. Calculei que até Squirrel-Creek, teríamos muito a cavalgar e que muitas coisas ainda podiam acontecer.

E uma dessas coisas poderia ser Kolma Puchi.

Se me perguntarem porque não toquei no nome dele desde que fomos surpreendidos pelos bandidos, vou dizer que há somente uma resposta para isto. Era devido ao afortunado fato de que aquele índio misterioso não estar em nosso acampamento no momento em que nos atacaram.

Onde estava Kolma Puchi? Para onde tinha ido?

Confesso que, apesar de sua fama, como eu não o conhecia, tive a vaga suspeita de que ele pudesse estar de acordo com os bandidos e com Old Wabble. Mas pensando melhor nisto, terminei por descartar tal idéia. A fama que Kolma Puchi gozava o colocava acima disto e eu tinha certeza, também pelo fato de Winnetou tê-lo reconhecido, de que aquele homem era realmente ele.

Sua fuga devia ter sido motivada por outra coisa, que desconhecíamos ainda naquele momento.

Recordava que Dick havia lhe perguntado se ele queria juntar-se a nós, ao que Kolma Puchi o havia desconcertado com respostas um tanto ou quanto confusas. Se aquele índio houvesse se afastado de nós quando fomos dormir, para não voltar mais, não precisaríamos de esperar ajuda da parte dele. Mas se tivesse ido buscar seu cavalo, aonde havia nos dito que ele estava, e fosse regressar, ao ver nossa situação, talvez interviesse para nos ajudar como pudesse.

Esta minha suposição não era de todo infundada, e tinha esperança que ele estivesse por ali escondido, esperando a hora certa para agir. Também pensei que Winnetou, cuja perspicácia eu conhecia de sobra, chegaria às mesmas conclusões que eu, e esperava que Kolma Puchi se convertesse na nossa salvação.

E minhas esperanças confirmaram-se!

De vez em quando eu observava o círculo dos homens que se preparavam para dormir. Estava convencido de que logo estariam todos dormindo, com exceção dos dois sentinelas que estavam na entrada do círculo de pedras.

De repente, percebi às minhas costas o suave roçar de "algo" que deslizava pelo chão, para finalmente tocar minha mão e sussurrar bem baixo, junto ao meu ouvido:

— Mão-de-Ferro não deve mover-se. Pensou em mim, meu irmão branco?

Eu nada respondi e Kolma Puchi prosseguiu:

— Queria aproximar-me de Winnetou, mas ali não havia nada que pudesse me ocultar como aqui, e por isso vim até Mão-de-Ferro. Diga-me o que deseja.

Virei a cabeça levemente, sussurrando por minha vez:

— Isso é você quem deve decidir, Kolma Puchi, mas tem que ser um modo que possamos soltar também nossos companheiros. Irá nos seguir?

— Sim.

Não disse mais nada, afastando-se com o mesmo sigilo que havia chegado, demonstrando-me mais uma vez essa característica habilidade dos índios de deslizar sem ruído algum por entre o mato.

Quando acordei na manhã seguinte, depois de ter conseguido me acalmar, os bandidos ocupavam-se em repartir o butim que tinham obtido em nosso acampamento. Olhei para Old Wabble, que havia se apropriado das minhas coisas, enquanto Cox ficara com o rifle de prata de Winnetou, assim como o forte e bonito garanhão "Ilchi" do apache, dizendo ao velho:

— O garanhão de Mão-de-Ferro será seu. Isso mostra o quanto consideramos você.

— Muito obrigado — disse ironicamente Old Wabble. — Mas prefiro ficar com o cavalo de Schahko Matto.

A partilha acabou deixando de fora a velha e gorda égua de Dick, porque ninguém demonstrou o menor interesse pelo animal, o que levou o dono a exclamar:

— Melhor! Assim ninguém porá as mãos imundas sobre ela! Pobrezinha!

Mas eles surpreenderam-se quando tentaram montar meu cavalo e o de Winnetou. Tanto Cox, quanto os outros bandidos, passaram voando por sobre as orelhas daqueles fiéis amigos. Old Wabble disse debochadamente a Cox:

— Entende agora por que eu não queria este bicho?

— Diabos! Poderia ter-me avisado.

— Será melhor que os deixemos serem montados pelos próprios donos. Para mim tanto faz.

Tive que agradecer, ainda que fosse só daquela vez, o gesto que Wabble teve ao nos devolver nossas montarias. E quando já íamos começar nossa jornada, Cox aproximou-se de mim e de Winnetou, dizendo:

— Espero que saibam comportar-se, e não nos criem problemas. Meus homens têm ordem de disparar, se tentarem fazer algo. Também espero que nos levem pelo caminho mais curto a essa "mina" tão rica em ouro. Isso irá lhes economizar sofrimentos inúteis e a nós também.

— Está bem, Cox — respondi secamente.

— Muito bem. E agora quero saber qual rota vamos seguir.

— Primeiro iremos até um manancial que se encontra do outro lado de Bush-Creek.

— Conhece bem esta comarca?

— Perfeitamente, Winnetou já disse que tenho uma memória de elefante. Se alguma vez eu coloco o pé num lugar... Não o esqueço jamais!

— Isso me alegra.

Estávamos cavalgando, quando ocorreu-me perguntar a Cox:

— Bom, e o que ganho levando vocês até onde está o ouro? Você já disse que depois irá me entregar a Old Wabble. E ele quer me matar!

Cox olhou para o chão um instante antes de dizer:

— Vou ser sincero, é possível que eu não o entregue a este velho louco.

— Isso é uma promessa?

— É uma possibilidade, tudo depende de nos levar até onde queremos, e de que lá exista ouro de verdade.

Olhei para Old Wabble, que cavalgava diante de nós, e disse para Cox:

— Creio que deu-se conta de nosso trato. E é possível que fiquem sem ouro, se esse safado me der um tiro pelas costas, antes que eu consiga chegar até o local onde está o ouro.

— Ele não se atreverá a fazer isso! Sua vida valeria muito pouco então. Estou certo de que não fará isso!

— Parece-me que está dizendo isso só para conseguir seus propósitos. Se pensa em trair Old Wabble, também pode estar pensando em fazer o mesmo com meus amigos e comigo também.

Ele então olhou-me friamente, exclamando:

— Isso me ofende, Mão-de-Ferro! Dei minha palavra de honra.

— Um bandido como você falando de honra?

— De qualquer jeito, torno a repetir que se você se portar bem conosco, nem você nem seus amigos terão o que temer.

Pouco depois de Cox afastar-se de mim, tive a ocasião de escutar um diálogo curioso entre Dick, o velho Pitt e um dos bandidos que os vigiavam. Escutei dizer que a ordem das filas e a vigilância não estavam sendo feitas com o devido rigor, já que todos os do meu grupo iam bem amarrados nos cavalos, e qualquer tentativa de fuga resultaria inútil.

Os dois amigos iam conversando para fazer a viagem menos aborrecida e o bandido, mais para mortificá-los do que qualquer outra coisa, advertiu:

— Fechem a boca! Chega de conversa!

Dick ofendeu-se, replicando:

— É você quem não deveria falar conosco, amigo. Não queremos sua companhia!

— Receio que terão de suportá-la então, até que...

— Até o que? — atacou Holbers por sua vez. — Até que decidam nos matar?

— Asseguro-lhes, assim como me chamo Holbers, que nada sei disso! Não sei o que Wabble e Cox planejam para vocês. Nós nos limitamos a cumprir ordens.

Ao escutar aquilo, Pitt Holbers comentou:

— Bonito nome! Chama-se por acaso, Pitt também?

— Não, meu nome é Hosea.

— Hosea! Escutou isso, Dick! Este "cavalheiro" tem o sagrado nome bíblico de Hosea!

— O que tem o meu nome? Não gosta?

— Muito! Diga-me, em sua família há mais algum nome bíblico, além do seu?

— Sim, meu irmão que cavalga ali atrás, chama-se Joel.

— Ora, ora! Joel é nome de profeta. Seu pai deve ter sido um homem muito piedoso. Não é verdade?

— Pois está enganado. Era um homem muito inteligente, que não se deixava enganar por estes padrecos. E nós seguimos seus passos.

— Vê-se! Mas ao menos sua mãe, ela devia ser bem religiosa.

— Infelizmente, sim.

— Por que infelizmente?

— Porque com suas rezas amargurou tanto nosso pai, que este viu-se obrigado a adoçar a vida com aguardente. Até que um dia fez um laço, meteu a cabeça ali e não parou até que a cabeça estivesse separada do corpo.

Virei-me ao escutar palavras tão cínicas. Mas a conversa daquele bandido era com Dick e Holbers, e por isso nada disse, escutando o que iriam lhe responder:

— Um bonito exemplo, ao qual você também devia seguir, amigo!

— Já basta! Não vão ficar debochando de mim!

— Longe de mim querer debochar de um homem que leva o mesmo nome que eu — assegurou-lhe o velho Pitt Holbers, cinicamente.

— Como? Você se chama Holbers também? — perguntou o bandido.

— Sim, e por tudo o que me disse sobre seu pai e sua mãe, começo a suspeitar que você e eu não somos tão desconhecidos assim um ao outro.

— O que está dizendo, amigo?

— Sua mãe não vivia em Smithville, quando seu pai teve a boa idéia de enforcar-se?

O bandido exclamou então, assombrado:

— Sim! Como sabe disso?

— E não era ela tão trabalhadora e tão boa, que mesmo tendo que manter a você e seu irmão, ao ficar viúva levou um primo anêmico para cuidar dele, o qual desapareceu pouco depois?

— Caramba! Isso também está certo! Não sei como você pode saber disso tudo!

— Ela tinha uma irmã?

— Sim! — confirmou o bandido. — Mas ela morreu.

— Então, os únicos herdeiros de sua mãe são você e seu irmão Joel?

— Herdeiros? Mas se nossa pobre mãe não nos deixou nada!

— Sua mãe sim, mas não o resto da família!

— Que família! — explodiu o bandido novamente, perdendo a paciência. — Não temos família alguma!

— Ah, não? E o que me diz de seu primo Pitt Holbers? Você o tem diante de seu próprio nariz! Sou eu!

— Vo... você? — balbuciou o bandido. — Sim, claro! Aquele imbecil que nossa mãe recolheu também se chamava Pitt. Agora eu recordo!

— Não torne a me insultar, ou mudarei meu testamento, primo querido — advertiu, muito sério, Pitt Holbers, deixando o bandido ainda mais confuso.

— Testamento? Que testamento?

— O que há pouco tempo eu assinei em favor de meus dois primos, seu irmão e você, a única família que tenho, por serem filhos daquela mulher tão boa, que me ajudou quando era ainda uma criança.

Novamente voltei a cabeça e vi o bandido abrir a boca várias vezes, sem conseguir pronunciar uma só palavra, até que conseguiu dizer, entre divertido e curioso:

— Mas como? Você é mesmo nosso primo Pitt?

— Veja só. A casualidade nos reuniu de novo!

— Pois acredite que me alegro muito, querido "primo". Mas se Cox decidir que deve morrer eu... eu... O que consta nesta herança que está me deixando?

— Bom, a verdade é que ao saber que você e seu irmão converteram-se em uns desalmados...

— Esqueça disso agora, até é possível que, devido ao nosso parentesco, eu consiga fazer algo por você.

— Sei que fará, mas não por isso, e sim porque deseja cobrar a herança que deixei para você. Devo dizer que foi para mim uma desilusão encontrar-nos assim!

O bandido que dizia chamar-se Holbers assim como nosso velho amigo Pitt, tentou falsamente consolar o velho, dizendo em tom de brincadeira:

— Não leve a mal, querido primo. Como já não pode mudar seu testamento, quer dizer que eu e meu irmão iremos receber uma boa herança. É muito?

— O bastante para que vivam bem. Mas eu...

O bandido não o deixou terminar, e esporeando o cavalo, gritou:

— Vou dar a notícia a Joel! Ele irá ficar feliz em vê-lo novamente.

Eu aproveitei a ausência do bandido para dirigir-me a Dick e Pitt:

— Estejam atentos! Kolma Puchi nos libertará.

— Como? — indagaram os dois ao mesmo tempo, excitadamente.

Mas eu, para não despertar suspeitas em nossos inimigos, voltei a meu posto sem dizer mais nada.

Capítulo II

Havíamos cavalgado bastante, já tendo chegado à confluência do rio Busc, quando estendendo seu braço em direção ao horizonte, o velho Old Wabble anunciou:

— Quem vem ali?

Precavido, e mostrando mais uma vez que era ele quem mandava, Cox ordenou aos seus homens:

— Rapazes! Vigiem bem os prisioneiros!

Dois cavaleiros, seguidos de uma mula, cavalgavam em nossa direção sem tentarem se esconder, ainda que um deles, apesar da distância, parecia empunhar um rifle, como ocorre sempre no encontro de desconhecidos na pradaria.

Quando só estávamos separados por uns trezentos passos, detiveram-se, sem dúvida com a intenção de nos deixarem passar sem ter que nos dirigir a palavra. Mas esperto como sempre, Old Wabble pareceu aborrecer-se com aquilo e anunciou:

— Ora! Parece que não querem saber de nós! Pois vamos até eles!

Assim o fizemos e logo pude comprovar de quem se tratava, o mesmo fazendo Winnetou e Schahko Matto, que deram mostras de surpresa diante de tão inesperado encontro.

O rifle era do curandeiro branco dos comanches naiini, o Tibo taka de quem tanto havíamos falado, sendo o outro cavaleiro sua esposa índia, a misteriosa mulher chamada Tibo wete.

O curandeiro pareceu ficar desconcertado ao ver que nos dirigíamos até ele sem evitar o encontro. No mesmo instante ele reagiu, e começou a nos saudar, agitando a mão, e dizendo com uma falsa alegria:

— Mas se não é Old Wabble! Não temos nada a temer!

Old Wabble, sem deixar de olhar quem se aproximava, perguntou a Cox:

— Quem é este sujeito? Não creio que o conheça e ele, no entanto, sabe meu nome.

— Eu também não o conheço — disse por sua vez Cox.

Quando estavam mais próximos, ele também nos reconheceu, exclamando com júbilo ao nos ver prisioneiros:

— Mão-de-Ferro, Winnetou, Schahko Matto e... — não queria dizer o nome de seu pretenso filho, Apanachka, por isso vacilou um pouco e acrescentou: — e... e sua gente, todos amarrados! Este sim é um acontecimento maravilhoso! Como pôde acontecer isto? Como conseguiram isto?

Estávamos agora frente a frente, quando asperamente, em tom de desprezo, Old Wabble perguntou:

— Posso saber quem diabos é você, amigo? Você me conhece? Também acho que o conheço, mas agora não consigo recordar...

— Pense, senhor Cutter... Do Estacado!

— Como?

— Quando éramos prisioneiros dos apaches!

— Nós? A quem você está se referindo?

— Nós, os comanches!

— Mas você é comanche?

— Bom, isso foi antes, agora não sou mais!

— E acaba de dizer-me, ao me ver, que nada mais tinha a temer?

— Isso mesmo, senhor Cutter! É impossível que você seja amigo de meus inimigos, naquela ocasião você roubou os rifles de Mão-de-Ferro e era companheiro do "general". Na granja dos Harbour fiquei sabendo que você havia se encontrado com Winnetou e Mão-de-Ferro, e por isso me alegro tanto ao ver que são seus prisioneiros.

— Muito bem, tudo certo, mas...

— Pense mais um pouco — interrompeu-o o ex-comanche. — Claro que eu então estava pintado de vermelho, e assim...

— Você disse "pintado" de vermelho? Agora me recordo! Mas você... Você não era o feiticeiro dos comanches?

— Sim, sou eu!

— É possível? Um cara-pálida convertido em feiticeiro! Isso o senhor tem que me contar. Façamos uma parada. O que lhes parece?

— Obrigado, senhor Cutter, mas eu não posso deter-me. Preciso seguir em frente, mas espero tornar a vê-lo novamente. Alegro-me muito que tenha conseguido capturar estes vermes.

Durante o diálogo, eu havia me dedicado a observar o segundo cavaleiro, a mulher do curandeiro, que não levava o véu que havia ocultado seu rosto na granja. Estava vestida como homem, o rosto moreno sulcado de rugas, e com um aspecto feroz, olhos chispantes que me faziam pensar em um manicômio. Montava com a destreza de uma amazona. Ela aproximou-se de nós mas não disse nem uma palavra, cravando seus olhos impessoais no vazio, como se não estivesse vendo nada.

Depois das últimas palavras de Tibo taka, que implicavam uma despedida, o homem que durante anos fez-se passar por curandeiro dos comanches fixou-se em Schahko Matto e comentou, divertido:

— Dá gosto vê-lo aí amarrado! Pobre diabo! Passou anos tentando vingar-se de mim... Esta história de comprar peles boas e não pagá-las, não conseguiram enganá-lo novamente, não é verdade, meu amigo?

O chefe dos osagas não pôde conter-se ao estar finalmente diante do homem que o havia enganado, e começou a insultá-lo:

— Assassino! Miserável! Não merece viver!

— Ha, ha, ha! Eu sei... Eu sei! Mas a vida é assim!

E então o falso curandeiro virou-se para Treskow, e debochou dele também, ao vê-lo amarrado:

— E é este o famoso policial, que Bell me disse estar sentado na sala da granja também? Imbecil! O que estava procurando ali? Seu trabalho resultou inútil e ridículo!

— Algum dia irá pagar por seus crimes, seu farsante! — anunciou por sua vez o policial.

Mas o homem que acompanhava a mulher louca não lhe deu importância, passando a encarar o jovem Apanachka:

— *Ekkueln*! (Cão!) — disse ele, cuspindo.

O jovem índio nem se dignou a responder, e ele prosseguiu então, apontando para Winnetou:

— Vejam! Este é o famoso cacique dos apaches. Espero que o enviem logo para os campos de caça eternos. Mas se não for assim, evite tropeçar comigo, porque vou atravessar sua cabeça com um balaço!

Winnetou teve a mesma atitude que Apanachka, nada respondendo diante das ameaças daquele homem. Este aproveitou até o fim aquela oportunidade que se lhe apresentava, aproximando-se do meu cavalo para gritar:

— Diabo! Da próxima vez não errarei o tiro, eu garanto! E vou fazer isso agora mesmo!

Levantou o rifle e já ia apertar o gatilho, quando Cox, por interesse próprio, aproximou-se com seu cavalo e desviou o rifle:

— Quieto aí, amigo! Estes homens nos pertencem e você nada tem a fazer aqui! Onde diabos acha que está?

— Quem é você?

— Eu me chamo Cox e sou eu quem mando aqui. Pode gritar e ameaçar, mas nada além disso. Se voltar a tentar usar esta arma... Quem o matará sou eu!

Aborrecido, o falso curandeiro virou-se para Old Wabble, tentando incitá-lo contra Cox:

— É verdade que quem manda aqui é ele, senhor Cutter? Achei que você era o chefe!

— Eu sou! — disse Wabble, com orgulho.

— E consente então que ele me trate assim?

— Por que não? Nós permitimos que você grite e xingue os prisioneiros, mas nada além disso!

Enquanto isso, a mulher havia descido do cavalo. Cortou alguns galhos secos para colocar na cabeça, depois de tê-los entrelaçado em forma de uma coroa. Passeava de um lado para o outro, alheia a tudo que se falava e se passava ali. Montou novamente e dirigiu-se ao primeiro bandido. Mostrando sua cabeça coroada com os galhos entrelaçados, disse:

— Está vendo? É minha coroa de murta! Meu *wawa* Derrick me deu!

O curandeiro correu na direção dela ao escutar isto, como se temesse que a mulher pudesse dizer algo demais, e ameaçando-a com os punhos cerrados, gritou:

— Chega de desatinos!

E tentou justificar-se diante dos bandidos:

— Esta mulher está louca, não façam caso do que ela está dizendo.

Capítulo III

Até aquele momento, o jovem Apanachka havia se mantido em silêncio, mas sem perder um só detalhe de tudo quanto estava acontecendo. E quando viu a mulher adornada com aquela coroa, aproximou-se dela, perguntando docemente:

— Está me reconhecendo, *pia* (mãe)? Tem os olhos abertos para o seu filho?

A mulher olhou o jovem índio e deu um triste sorriso, sacudindo a cabeça. Mas Tibo taka aproximou-se novamente do comanche e ordenou-lhe em tom imperioso:

— O que você tem para falar com esta mulher? Calese, estúpido!

— Ela é minha mãe — disse Apanachka, muito calmamente.

— Não é mais! Ela é uma naiini e você separou-se de sua tribo. Vocês já não têm nada a ver um com o outro!

— Sou cacique dos comanches e não me deixo mandar por um branco renegado como você! Falarei com ela o que quiser!

— Eu sou o marido dela, e eu o proíbo!

E ele voltou-se então para Old Wabble, para pedir ajuda, quase ordenando:

— Não fique aí parado! Mostre de uma vez por todas a estes imbecis quem é que manda aqui!

Old Wabble, querendo demonstrar a Cox que era ele quem mandava ali, colocou-se entre o jovem Apanachka e Tibo taka, gritando para o jovem índio:

— Afaste-se, imbecil! Está amarrado ao cavalo e posso fazer com você o que bem entender!

Apanachka nada respondeu, mas fez algo que ninguém teria podido impedir. Ele afastou-se para tornar a aproximar-se, lançando seu cavalo contra o homem que o havia insultado.

Quando o velho Wabble deu-se conta, já era demasiado tarde para tentar evitar isto. Lançando o estridente grito de ataque dos comanches, o cacique voou sobre o velho bandido, obrigando seu cavalo a saltar por cima da montaria de Old Wabble. Quando o animal voltou a tocar o solo, o cavaleiro esteve a ponto de cair, mas Apanachka conseguiu endireitar-se e só então parou o cavalo.

Old Wabble havia sido arrojado da sela como se fosse uma bala de canhão, ao mesmo tempo que seu cavalo caía no chão. Este revolveu-se durante uns momentos no chão, mas levantou-se ileso. Quando ao velho, ele jazia no chão, sem sentidos.

Podíamos ter aproveitado a ocasião para fugirmos, aproveitando aquele momento de desconcerto, mas haviam ali muitos bandidos, que teriam descarregado suas armas sem piedade sobre nós. Além disso, eramos também muitos para que conseguíssemos decidir o que fazer assim tão rapidamente.

Cox foi o primeiro a inclinar-se sobre Old Wabble, dando-se conta de que ele não estava morto. Mas quando ele quis levantar-se, não conseguiu, já que um dos braços estava muito dolorido. Gritou e nos insultou até ficar completamente esgotado.

Por sua parte, Cox decidiu que já era hora de pôr as coisas em ordem ali e disse, com certa displicência, sempre confiando na vantagem numérica que tinha sobre nós e sobre Wabble também:

— Você não manda nada aqui, velho. E se não parar de gritar, vai experimentar meus punhos, ficou claro?

No final das contas, foi você quem procurou nossa ajuda, e não o contrário. Tudo isto o faz passar por estúpido.

Old Wabble conhecia os homens e sabia que Cox era bem capaz de cumprir suas ameaças. Naquele momento, o mais conveniente era obedecer às ordens de Cox; se o deixassem ali com o braço machucado, seria sua morte. Por isso ele limitou-se a se queixar e gemer, obrigando Cox a perguntar-lhe de má vontade e malhumorado:

— Alguém sabe como curar isso? Ele deve ter quebrado o braço.

Dick, sempre com suas brincadeiras alegres, anunciou algo pomposamente para a situação:

— Nosso médico de confiança é sempre Winnetou. Pode tocar a campainha que é possível que ele acuda, pressurosamente...

— Feche esta boca! — ordenou-lhe Cox.

Mas quando procurou por Winnetou, este negou-se terminantemente.

— Diabos! — protestou o chefe dos bandidos. — Esse velho também é gente!

Eu havia estado muito tempo calado e decidi intervir ao escutar tão bondosa exclamação da boca do chefe dos bandidos, recordando-lhe por minha vez:

— Por fim reconhece que ele é humano, mas ainda assim quer nos matar.

Old Wabble gemia e se lamentava, dando até pena, assim que encostavam em seu braço. As pontas dos ossos estavam cravadas na carne. Cox novamente aproximou-se dele, e então voltou-se para mim, dizendo:

— O velho me disse que você é cirurgião. Por que não faz algo por ele?

— De acordo, mas diga-lhe para tirar da cabeça a idéia de querer me matar.

Cox mandou que seus homens me desamarrassem.

Livre de minhas amarras, indiquei-lhes:

— Será preciso que nos mudemos de lugar, porque

precisamos de água. O rio não está muito longe e Old Wabble poderá vir montado, pois seu braço só está ferido.

Quando me aproximei de Old Wabble, ele continuava insultando o jovem índio Apanachka, renegando inclusive Tibo taka e sua mulher:

— Maldito seja esse imbecil e sua mulher! Se eles não tivessem aparecido, não teria acontecido nada disto!

Enquanto isso, Apanachka estava junto da mulher e tentava falar com ela, sem contudo obter nem uma resposta. A poucos passos dele, Tibo taka observava-o com uma cólera reprimida, mas sem atrever-se a molestar o jovem comanche. Ao aproximar-me deles, o jovem índio me disse:

— Seu espírito fugiu e não quer voltar. O filho não pode conversar com a mãe, porque esta não o compreende!

— Deixe-me tirar uma prova disso. Deixe-me chamar sua alma — propus-lhe.

Mas Tibo taka tentou impedir isto, gritando:

— Não! Não! Mão-de-Ferro não deve falar com ela! Não tolerarei isto!

— Você terá que tolerar — respondi firmemente. — Apanachka, vigie-o e não permita que ele faça o menor movimento.

O comanche então ficou bem próximo a Tibo taka. Eu aproximei-me da mulher, perguntando docemente:

— Esteve hoje em Kaam-Kulano?

Ela sacudiu a cabeça e me olhou com os olhos tão desvairados que tive pena. Mas insisti em tentar dissipar as névoas de seu cérebro:

— Tem marido?

A mulher voltou a sacudir a cabeça, mudamente.

— Tem filhos? Onde está seu filho e seu irmão mais velho?

Nova negativa, o que me convenceu que ela era insensível às perguntas referentes a vida dos comanches. Mas fiz uma nova tentativa:

— Conheceu *wawa* Ikwehtsipa?

— Ik... weh... tsipa — murmurou ela, surdamente.

— Sim, Ik... weh... tsipa — repeti eu, destacando as sílabas.

Então ela respondeu, como se estivesse sonhando:

— Ikwehtsipa é meu *wawa*.

Minhas suposições eram certas, aquela mulher era a irmã de padre Diterico.

— Conhece Tehua? Te... hu... a! — repeti.

— Tehua é minha irmã mais velha.

— Quem é Tokbela? Tok... be... la!

— Tokbela sou eu.

Por fim, a mulher prestava atenção em tudo o que se dizia. Palavras relacionadas com sua infância pareciam ter maior influência sobre ela, como se o seu espírito voltasse a tempos anteriores à sua perturbação e buscasse um vão de luz naquela tremenda escuridão mental. Nisto consistia sua loucura.

Como nós queríamos partir e o tempo era precioso, não vacilei em soltar a pergunta mais importante, que durante horas de cavalgada e recordando episódios passados, havia tomado forma em minha mente:

— Conhece o senhor Bender?

— Bender... Bender... Bender... — repetiu, aparecendo em seu rosto um sorriso amável.

— Omi Rs. Bender — tornei a dizer.

— Bender... Bender? — repetia ela, seus olhos tornando-se mais claros e sua voz mais firme.

— Tokbela Bender?

— Tokbela Bender... Não sou eu!

— Tehua Bender?

Então vi que a mulher juntava as mãos com alegria, como se houvesse encontrado algo que buscava há tempos, respondendo com um sorriso prazeroso:

— Tehua é a senhora Bender! Sim, senhora Bender!

— A senhora Bender tem algum filho?

— Sim, tem dois filhos. Tokbela os leva nos braços.

— Como se chamam esses pequenos.

— Seus nomes são Leo e Fred.

— E como eles são?

— Fred é desta altura, e Leo é assim.

A mulher mostrou com as mãos a estatura dos meninos. Olhei para Tibo taka, ou Thibaut, a quem Apanachka não perdia de vista, e o vi raivosamente atento a mim. Mas nada tinha a temer, e a índia parecia ter recobrado momentaneamente a memória: se eu aproveitasse aquela conjuntura com rapidez e decisão, sem abandonar aquele tema, poderia verificar agora tudo o que queria saber. Quando já me dispunha a fazer uma nova pergunta, me vi impedido de fazê-lo.

Dois homens aproximaram-se, dizendo-me insolentemente:

— Monte! O velho já está em condições de seguir para o rio, se é que você quer curá-lo!

Capítulo IV

No entanto, antes tinha que solucionar aquilo com a mulher, que parecia recobrar a razão, por isso disse aos bandidos:

— Old Wabble pode esperar um pouco. Devo continuar falando com esta pobre mulher.

Apanachka aproximou-se, perguntando ansiosamente:

— Agora ele a levará. Não creio que irá querer seguir conosco e com estes homens.

Para surpresa de meu jovem amigo comanche, eu respondi:

— Será melhor assim, Apanachka, você é um guerreiro e sabe muito bem que não se deve levar a esposa em uma de suas cavalgadas.

— Mas não voltarei a ver aquela que tenho como mãe.

— Está enganado, você voltará a vê-la.

— Quando?

— É possível que isso ocorra dentro em pouco. Meu irmão Apanachka deve pensar em tudo; o falso curandeiro não irá querer entregá-la, os bandidos também não irão querer que ela nos acompanhe, e nós não podemos opinar, porque somos prisioneiros. Em troca, se este homem levá-la com ele, tudo muda.

— Temo deixá-la com Tibo taka. Ele é um homem cruel!

— Ela não está em seu juízo perfeito, e não sofre com isto!

Haviam conseguido montar Old Wabble, e vi que Tibo taka também montava, aproximando-se do ferido para despedir-se:

— Muito obrigado por ter-me "defendido" tão bem, senhor Cutter — disse-lhe ironicamente.

— Vá para o inferno! — replicou o velho. — Por sua culpa estou com o braço quebrado.

Seguido docilmente pela mulher, aquele homem afastou-se, desaparecendo de nossas vistas. Puseram-me encabeçando a comitiva, chegando logo ao rio onde devia arrumar os ossos daquele velho mal-humorado, que não deixava de gemer de dor.

Quando dei por terminada a minha intervenção, voltamos a montar, seguindo a correnteza do rio, até chegarmos a uma confluência onde viramos em direção ao sul, para continuar finalmente em direção a oeste, pela pradaria, onde tinha certeza que Kolma Puchi iria seguir nossas pegadas.

No final da tarde, já cansados de tanto cavalgar, acampamos. Além de sermos amarrados novamente, negaram-nos o jantar, com a desculpa de que não havia comida para todo mundo.

Particularmente a mim não me preocupava em morrer de fome ou sede, porque esperava já a chegada de nosso libertador, Kolma Puchi. Não quis comentar nada disto com o furioso Dick, que insultava os bandidos, que haviam se apropriado não só de todos os nossos víveres, como também mostravam-se desumanos e não nos davam de comer.

Pouco depois, quando terminaram de comer a carne que um dos homens havia trazido da caçada, colocaram os sentinelas e prepararam-se para dormir. Cox e Old Wabble não esqueceram de examinar nossas amarras antes de irem descansar, ficando muito satisfeitos e calculando que não poderíamos, de maneira alguma, escapar durante a noite, inclusive porque estávamos sendo vigiados por um sentinela.

Haviam nos colocado em um lugar algo afastado da fogueira, possivelmente para evitar que escutássemos suas conversas, enquanto jantavam. Certamente estas conversas em nada nos favoreciam, e não os estava julgando mal, só que, sendo quem eram, certamente iriam nos eliminar assim que tivéssemos lhes dado o que queriam.

O Libertador

Capítulo Primeiro

Os bandidos haviam reunido uma grande quantidade de lenha seca para a fogueira, para poderem ir alimentando-a durante a noite. Passada um hora em que já estavam todos dormindo, o sentinela levantou-se para botar mais lenha na fogueira, e eu senti um leve rumor às minhas costas.

Ouvi uma voz me dizer:

— Aqui está Kolma Puchi. O que devo fazer?

— Espere que eu me deite sobre o outro lado — respondi no mesmo tom de voz. — E então, me corte as amarras e dê-me a faca.

Dei meia-volta e coloquei as mãos de modo que ele pudesse cortar as amarras mais facilmente. Em pouco o sentinela voltou para a fogueira, e ficou mais fácil então que eu cortasse com a faca as cordas que amarravam meus pés. Continuei deitado como antes, mas minhas mãos trabalharam febrilmente e eu pude libertar Winnetou, passando-lhe a faca. Ele por sua vez fez o mesmo com Schahko Matto, e este o mesmo com Dick Hammerdull.

Permanecíamos quietos para não despertar suspeitas. Winnetou fingiu perfeitamente estar se revirando porque as cordas machucavam seus pulsos, e o sentinela, ao ver isso, tornou a nos esquecer, fixando seus olhos no incessante bailado das chamas da fogueira.

— Quem irá se encarregar dele? — murmurou Winnetou, referindo-se ao sentinela.

Ele me viu vacilar; compreendeu que eu não seria capaz de derramar sangue.

— Eu o farei! — disse então.

Quando o homem que nos vigiava, encontrava-se distraído com o fogo, como se fosse um felino, Winnetou levantou-se e, rápido como um raio, saltando como um tigre por cima de nossos camaradas, o índio colocou o joelho em seus ombros e o dominou com ambas as mãos. O sentinela nada pôde fazer, e momentos depois caiu como um fardo no chão.

Quando todos já estávamos libertos e juntos, dando uma volta, arrastando-me pelo chão, fui espionar os inimigos: todos dormiam e aproveitei para pegar um rifle. Então Winnetou propôs:

— Agora, vamos pegar o sentinela que vigia os cavalos.

Ele não precisou de fazer isso, porque Kolma Puchi anunciou:

— Não precisa! Já me encarreguei disto!

Aquilo sim era agir com prontidão e eficácia. Sobretudo porque ele já nos oferecia cordas para que nós amarrássemos os bandidos, anunciando:

— Kolma Puchi matou uma cabra montês pelo caminho, fazendo tiras com sua pele. Isso irá nos servir bem!

Com os rifles dos sentinelas e com o que eu já havia conseguido, já podíamos despertar os bandidos e darlhes uma desagradável surpresa. Como se fosse uma honra especial, Dick nos pediu permissão para ter esse prazer, dizendo já em voz alta:

— Agora eles saberão quem eu sou!

Dois disparos para o alto foi nosso sinal, para rodeálos antes que despertassem. Enquanto isso Pitt Holbers, Schahko Matto, Treskow, Apanachka e Dick Hammerdull iam tirando as armas do alcance de suas mãos.

Foi realmente um espetáculo digno de vê-se, contemplar todas aquelas caras com a surpresa estampada em seus rostos. Já não eram eles que mandavam, e mostravam-se tão acovardados e submissos, como antes eram ofensivos e fanfarrões. O único que ainda soltava uma ou outra imprecação era o velho Wabble, mas sem atrever-se a nada mais, por temor de ser ferido de novo.

— Levantem-se, desocupados! — Dick continuava a gritar. — Agora vocês vão ver, seus inúteis. Bando de assassinos fracassados! Talvez nós fuzilemos um por um, para nos divertirmos mais!

— E isto vai ser em nome da lei e da justiça! — corroborou seu companheiro, Pitt Holbers.

Eu permitia-lhes aquelas ameaças, porque no fundo nos ajudava a dominar a todos aqueles homens. Se eles nos temessem desde logo, não haveria necessidade de disparar uma só arma para sufocar qualquer louco intento de rebeldia.

A segunda fase da operação foi amarrá-los bem, utilizando as amarras que antes nos prendiam, e também as que Kolma Puchi nos havia dado. Quando tudo estava sob controle, e nós havíamos recuperado todas as nossas coisas, fomos comer. E enquanto isso, Dick gritava para os prisioneiros, comendo prazerosamente a carne que tínhamos assado:

— O que foi, amigos? Estão com fome? Pois agora cabe a vocês jejuarem.

Kolma Puchi comia junto a nós sem dizer uma só palavra. Estava até mais calado do que Winnetou, e só uma vez, quando nos ouviu falar do curandeiro branco e sua mulher, disse algo:

— Sua vista ia para a esquerda, em direção oposta a que eu seguia para chegar até aqui.

Ainda restavam algumas horas até o amanhecer e depois de conferirmos as amarras dos prisioneiros e estabelecermos turnos de vigília, nos dispusemos a dormir, com a satisfação de termos mudado nossa sorte, graças àquele misterioso Kolma Puchi.

A primeira coisa que fiz ao despertar, foi perguntar a Schahko Matto por ele, pois não o via por ali, e isto me deixou intranqüilo. O chefe dos osagas me disse:

— Kolma Puchi me disse que não podia ficar aqui mais tempo. Encarregou-me de saudar Mão-de-Ferro e Winnetou, assim como o jovem Apanachka. Disse que voltaria a vê-los.

— Você o viu partir? — perguntei.

— Não, não pude ver a direção que tomava.

Antes de irmos almoçar, sempre preocupado com o estranho comportamento de Kolma Puchi, dei algumas voltas nos arredores do acampamento. E foi procurando-o que consegui distinguir lá longe, três pontos que iam aproximando-se. Logo foram aumentando de tamanho e vi que se tratavam de dois cavaleiros e uma mula: quando comprovei que era Tibo taka e a pobre mulher transtornada, regressei novamente ao nosso acampamento, ordenando que todos se ocultassem nas matas, mas deixando os prisioneiros bem visíveis.

— Estou certo que seu ódio o fez mudar de caminho, para saber se já haviam me matado. Nós iremos lhe pregar uma boa peça!

Nós nos agachamos atrás do matagal e esperamos com paciência a chegada de Tibo taka. Quando ele viu os prisioneiros, ficou assombrado:

— Mas, o que aconteceu?

— Deixe de perguntas e trate de nos soltar — ouvimos Old Wabble gritar. — O que está fazendo parado aí?

— Bom, senhor Cutter... Ontem o senhor não se mostrou muito amistoso comigo. Eu agora poderia...

— Solte-nos — o velho gritou novamente. — Quer parar de perder tempo? Esses malditos não devem estar

139

muito longe daqui. Se nós nos apressarmos, podemos ainda capturá-los.

— Está bem. Eu vou desamarrá-los. Tudo para que terminem de vez com este maldito Mão-de-Ferro!

Enquanto pronunciava estas palavras, ele havia desmontado do cavalo para poder desamarrar aqueles safados. Mas quando já pegava a faca, Dick Hammerdull saiu de seu esconderijo, com o rifle empunhado, anunciando muito amavelmente:

— Devagar, senhor Tibo taka; por aqui anda alguém que pode não gostar do que está fazendo...

— Maldição! — exclamou ele.

No fundo era até engraçado vê-lo rodando de um lado para outro, enquanto íamos saindo de nossos esconderijos. Ele recuou um pouco e tentou fugir, até que percebeu que seria impossível. Cravou seus olhos em mim então, gritando:

— Você é o diabo!

— Já me obsequiou outras vezes com este qualificativo. Não acha que está ficando meio aborrecida esta repetição?

Fiz um sinal para Pitt e Dick, que no mesmo instante o amarraram, colocando-o junto aos demais prisioneiros, que também blasfemavam e maldiziam sua má sorte. Enquanto isso, Winnetou ia ao encontro da mulher. Esta, sem estranhar nem um pouco que seu marido estivesse amarrado, sentou-se ao seu lado e fechou os olhos, parecendo alheia a tudo o que a rodeava.

Dentro em pouco eu e Winnetou estávamos revistando a bagagem do homem e da mulher, sem esquecermos da mula, onde levavam todos os equipamentos necessários para uma longa viagem, além de víveres e provisões necessárias. Winnetou achou um pedaço de couro branco, longo e bem curtido, com traços e caracteres.

— Um couro falante, como nós o chamamos — disse o apache, depois de examiná-lo. — É uma carta, da qual só entendo parte. Está escrito à maneira dos homens vermelhos, com a ponta da faca e tingida depois de vermelho. Estas linhas tortas representam rios: o couro é também um mapa. Aqui está o rio Republicano, aqui os dois braços do Salmão: logo vem o rio Arkansas com o Big Sandy-Creek, o Adobe-Creek ao sul, o rio Apishapa e o rio Órfão. Assim vão se sucedendo os rios até chegar em cima, ao Parque de San Luis. Todas estas correntes de água eu conheço, mas há entre eles símbolos que não conheço: pontos, cruzes de vários formatos, triângulos e outras figuras.

Winnetou entregou-me o couro, para que eu também o tentasse decifrar, mas não consegui descobrir nada ali, até que eu o virei. No reverso viam-se muitos dos mesmos símbolos e sinais repetidos e detalhados, e junto a eles figuravam nomes que não eram de lugares, mas sim de pessoas. Depois de muito pensar, chamou-me a atenção o fato de muitos daqueles nomes serem de santos. Tirei meu caderno de notas, que tinha um calendário, comparei os nomes com as distâncias entre os signos do mapa, e pude enfim explicar ao meu amigo apache:

— Esta carta é dirigida ao curandeiro, e nela está marcado o dia e aonde ele deve encontrar com quem escreveu a carta: aqui está a indicação dos dias do mês. Como eu já lhe disse, os cristãos designam todos os dias do ano com os nomes de homens e mulheres santos e beatos, que morreram há muitos anos, e tal é o método que o autor desta carta escolheu. Decifrá-la é tão difícil quanto os nomes que figuram no mapa, a não ser se lermos o verso. Aqui ele escolheu: Egídio, Rosa, Regina, Proto, Eulógio, José e Tecla, que equivalem a 1, 4, 7, 11, 13, 18 e 23 de setembro. Nestes dias, ele estará nos lugares que estão marcados. Temos em nossas mãos todo o plano de viagem desta pessoa, com lugares e datas. Compreendeu, Winnetou?

— Compreendi perfeitamente, meu irmão, mas não sei em que dias do ano caem todos esses nomes.

— Isso é fácil de saber com a ajuda de meu calendário. Este couro pode ser para nós de grande valor; mas não sei se devemos guardá-lo.

— Por que não?

— Tibo taka não deve suspeitar que sabemos sua rota.

— Então, meu irmão branco tem que copiar o que está escrito no couro.

— Bem pensado, Winnetou. É isso o que vou fazer.

Capítulo II

Decidimos passar o dia ali, para repormos as forças, pois a cavalgada havia nos fatigado enormemente. A sensação de liberdade nos alegrava e queríamos desfrutar também, esta nova sensação de estarmos vivos, que sente todo aquele que presenciou a morte.

Eu tratei de copiar o que estava escrito no pedaço de couro, afastando-me de meus companheiros com Winnetou, que me segurou a carta enquanto eu a copiava em meu caderno. Depois tornamos a meter o couro na caixa de lata, deixando-a donde a havíamos encontrado, regressando ao acampamento.

Pela excitação que encontramos lá, percebi que estavam nos aguardando, e Treskow veio logo ao nosso encontro, dizendo:

— É preciso decidir o que vamos fazer com os prisioneiros. São muitos e terminarão por nos dar um sério desgosto, cedo ou tarde. E creio que...

— Mas senhor Treskow! — eu o interrompi, com um tom de voz severo. — Não está insinuando que nós devíamos matá-los, para que tal coisa não ocorra, não é?

— Não, meu amigo; não pretendo fazer algo tão impróprio para pessoas civilizadas como nós. Mas precisamos decidir o que vamos fazer com eles. São ladrões, canalhas, assassinos e gente ruim, todos. Mas aqui, no meio das montanhas e da pradaria, não existem cárceres ou presídios. Uma multa pesada também não corresponderá ao tamanho de seus delitos. Tirar-lhes armas e cavalos, o senhor bem sabe que nesta região é o mesmo que sentenciá-los à morte segura. Assim é que... Estou confuso!

Winnetou o olhou sorrindo, ao dizer:

— Nós também! Como verá meu irmão branco, aqui não valem as leis escritas que vocês têm em seus livros.

Apanachka reuniu-se a nós, opinando:

— No entanto... Temos que decidir algo!

— É isso o que vamos fazer. Eu proponho o que seja mais justo, e também mais cômodo para nós.

— Que fale Mão-de-Ferro — disse Schahko Matto.

— Schahko Matto também pode deliberar conosco — eu o convidei.

— O cacique dos osagas declina esta honra — respondeu, muito sério. — Sei que Mão-de-Ferro é muito justo em suas resoluções. Também fui seu prisioneiro!

Sorri levemente, antes de propor a meus companheiros, sem que os prisioneiros nos pudessem escutar:

— Nós os deixaremos amarrados onde estão, com seus cavalos e suas coisas um pouco mais longe daqui. Em dois, três ou até menos dias conseguirão desatar-se, mas já não poderão nos incomodar, porque estaremos bem longe. Desta forma, nós não iremos lhes negar a vida, mas também terão recebido um duro castigo; quando conseguirem cavalgar outra vez, estarão cansados e furiosos.

— Parece-me uma boa idéia — disse Dick. — Mas eu ainda acrescentaria uma boa sova, sobretudo em Cox e no par de primos do velho Pitt, que tanto judiaram de nós.

— Isso seria uma vingança pessoal, meu amigo — recordei-lhe. — A diferença entre estes malandros e nós, deve ficar sempre visível.

— Concordo. Tem razão, mais uma vez, Mão-de-Ferro.

Quando estávamos com tudo preparado e prontos para empreendermos nossa jornada, Apanachka suplicou-me e a Winnetou que levássemos conosco a mulher. A custa de muita conversa, pude fazê-lo desistir da idéia; aquela pobre mulher só iria nos servir de estorvo, e além disso, já havia pensado que seria ela quem iria desamarrar seu esposo, para que este mais tarde fizesse o mesmo com os demais: claro que teriam que fazer-se compreender por ela, e ela teria que vencer as trevas que reinavam em seu cérebro.

Por fim nos afastamos dali, entre um coro de maldições e blasfêmias que os prisioneiros soltavam, lamentando-se por estarem amarrados. Apanachka tentou em vão arrancar alguma palavra da mulher, que nos seguiu um bom trecho, agitando nas mãos, galhos cortados, com os quais adornou a cabeça.

— Esta é minha coroa de murta! Está é minha coroa de murta! — dizia em sua obsessão constante a mulher.

Meia hora depois, já estávamos cavalgando pela pradaria, sempre na direção fixada, com a satisfação de estar, pelo menos por agora, todos os inimigos vencidos e nada nos impedindo de alcançarmos nosso objetivo.

Encontrar Mão-Certeira.

A mim, particularmente, outra coisa me preocupava: saber o que havia acontecido com o misterioso Kolma Puchi, nosso silencioso salvador.

Mas isto é outro capítulo de minhas aventuras nas regiões selvagens do bravio e longínquo Oeste.

Este livro A CABEÇA DO DIABO de Karl May é o volume número 7 da "Coleção Karl May" tradução de Carolina Andrade. Impresso na Editora Gráfica Líthera Maciel Ltda, à Rua Simão Antônio, 1.070 - Contagem, para Villa Rica Editoras Reunidas Ltda, à Rua São Geraldo, 53 - Belo Horizonte. No catálogo geral leva o número2060/0B.